RACHE ZEUGT DIE SCHÖNSTEN MORDE

Norddeutsche Stories von Liebe und Eifersucht

herausgegeben von
Anke Gebert

vitolibro

Umschlaggestaltung unter Verwendung des Gemäldes „Judith mit dem Haupt des Holofernes“ von Cristoforo Allori: Karen Kieback, Laboe
Illustrationen: Eduard Moriz, c/o Vitolibro
gedruckt bei CPI, Leck
ISBN 978-3-86940-023-5

vitolibro

... der Verlag mit dem Flieger

Weiteres finden Sie unter www.vitolibro.de

Inhalt

Die Liebe ist jene Flamme, welche die Götter den Sterblichen missgönnen, und die Eifersucht ist der fressende Geier, der den Diebstahl furchtbar rächt.

(Ludwig Börne)

Wer auf Rache aus ist, der grabe zwei Gräber.

(Konfuzius)

Vorwort

Eifersucht ist eine Leidenschaft, die mit Eifer sucht, was Leiden schafft, sagte Friedrich Ernst Daniel Schleiermacher vor über zweihundert Jahren und wird bis heute gern zitiert.
In den vorliegenden zwölf Kriminalgeschichten lassen zwölf renommierte Autorinnen und Autoren ihre Hauptfiguren in zwölf norddeutschen Orten aus Rache und mit großem Eifer beseitigen, was ihnen aus Liebe oder Eifersucht Leiden verschafft.
Dabei rächen sich die Heldinnen und Helden nicht nur an heimlichen Liebhabern und Liebhaberinnen der Menschen, die sie selbst lieben, sondern auch an Geschwistern, Kollegen, Freunden …
Jeder der originellen Kurzkrimis spielt an einem anderen norddeutschen Ort – von St.-Peter-Ording bis nach Rendsburg, von Ostfriesland bis nach Lüneburg, deren kunstvoll illustrierte Wahrzeichen das Buch bereichern. Die Geschichten sind spannend, überraschend, oft auch amüsant – und in jedem Fall sehr unterhaltsam.
Es war mir eine große Freude, die Anthologie „Rache zeugt die schönsten Morde“ herauszugeben.
Viel Vergnügen bei der Lektüre!

Anke Gebert, Hamburg 2016

Flensburg:

Tatjana Kruse

DER LIEBE EIN ENDE

Bahlinger kotzte mir direkt vor die Füße. War ja klar.
„'tschuldigung", nuschelte er hinter der Hand hervor, mit der er sich die Speisereste vom Mund wischte.
Ich tippte auf veganen Gemüse-Burger von seinem geliebten Veggie-Stammtisch im Café Central gestern Abend. Bahlinger war unser neuer Assistent, der tote Mann ohne Gesicht sein erstes Mordopfer. Und das noch vor dem Frühstück. Eine echte Zumutung des Schicksals.
„Hoffentlich hast du jetzt nicht wichtige Beweisspuren vernichtet", spottete Häneke.
„Ich bin mir fast sicher, dass sich unter diesem braunen, dampfenden Haufen ein aufschlussreicher Fußabdruck befand", setzte Dr. Thiel von der Spurensicherung noch eins drauf und zwinkerte.
Mir war das allmählich zu viel Geflachse. Da lag schließlich ein toter Mann ohne Gesicht. Der hatte jetzt weiß Gott nichts mehr zu lachen.
„Meine Herren", donnerte ich folglich, „Konzentration, wenn ich bitten darf!"
Es herrschte augenblicklich Stille. Bahlinger zuckte sogar zusammen. Er hätte wohl nie gedacht, dass in einer gerade mal

einsfünfundsechzig großen Person, noch dazu einer Frau, so viel Stimme stecken konnte. Der Junge hatte noch eine Menge zu lernen.
„Häneke, zieh los und befrag die Nachbarn. Nimm Bahlinger mit. Er soll sich vorher aber das Gesicht waschen."
Ich drehte mich zu Dr. Thiel um. „Was können Sie mir jetzt schon sagen?"
„Es müssen drei Schüsse abgegeben worden sein. Aus nächster Nähe direkt in sein Gesicht. Allerdings fehlen die Patronenhülsen."
Ein Täter, der hinter sich aufräumte. Interessant. Konnte man aus den Hülsen etwa Rückschlüsse auf die Identität des Mörders ziehen?
Ich ging in die Küche. Wie hieß das heulende Elend auf dem Hocker vor der Esstheke gleich wieder? Ich zückte mein Notizbuch. Ach ja, Birte Steffen, zarte 21, Freundin des Ermordeten.
„Hier." Ich hielt ihr die Kleenex-Rolle hin. Die Küchentücher würden ihr zwar die Haut von der Nase schaben, aber wenigstens den Fluten Einhalt gebieten.
„Warum? Warum Theo? Warum er?" Sie sah zu mir auf.
Gott, wie ich diese waidwunden Blicke hasse. Warum, warum? Warum fragt keiner nach dem Warum, wenn ihm etwas Gutes widerfährt? Manchmal haben wir eben Glück und manchmal Pech. Such is life.
Ja, ich weiß, dass ich herzlos klinge. Ich habe fast täglich mit Menschen zu tun, die tot sind. Und das nicht freiwillig. Mein Zynismus ist meine Überlebensgarantie.
Was hatte sie doch gleich gefragt? Genau. Warum Theo?
„Ich weiß noch nicht, warum gerade er sterben musste, Frau Steffen. Aber Sie können uns helfen, diese schreckliche Tat aufzuklären. Wann haben Sie Herrn … äh … Theo zum letzten Mal lebend gesehen?"
Mist, ich hatte doch tatsächlich vergessen, mir den Nachnamen des Opfers zu notieren. Ich wurde langsam alt.
Die Augen der jungen Frau gaben mittlerweile keine Flüssig-

keit mehr her. „Gestern Abend. Eigentlich heute früh. So gegen eins. Wir haben gefeiert. Im Grisou. Theo hat gestern eine Mail bekommen – die Zusage für eine Rolle in dem neuen Til-Schweiger-Film. Eine Sprechrolle! Theo war überglücklich. Und er hat mir einen Antrag gemacht!"
Sie schluchzte abgehackt auf. Dann ging ihr Blick ins Leere. Die Zeit zog sich.
„Was haben Sie danach getan?", fragte ich, um wieder etwas Bewegung in die Unterhaltung zu bekommen.
„Ich habe Theo noch nach Hause gebracht. Er war ziemlich betrunken. Viel vertrug er nicht." Birte Steffen schüttelte ihre blonden Locken. Versteht sich, dass ein künftiger Oscar-Preisträger nur einen Cara Delevigne-Verschnitt an seiner Seite duldete. „Weil es so eine tolle Nacht war, haben wir auf der Terrasse noch eine Flasche Champagner getrunken. Das kann bestimmt die alte Schachtel von gegenüber bestätigen. Die hat nämlich lauthals gerufen, dass sie gleich die Polizei holt, wenn wir nicht still sind. Wir sind dann rein. Ich bin nach Hause. Ich konnte nicht über Nacht bleiben, weil ich meine Katze füttern musste. Theo war auch viel zu betrunken für …" Sie schluchzte erneut. „Mein Gott, Theo. Er hat mir einen Antrag gemacht, habe ich das schon gesagt? Wir wollten heiraten!"
Wieder dieser Blick aus tellergroßen Rehaugen. „Es tut mir unendlich leid", sagte ich und tätschelte etwas unbeholfen ihre schmale Schulter.
Hätte ich vielleicht nicht tun sollen, denn das brachte den Damm zum Bersten. Sie flennte haltlos. Hätte aber wohl jede Frau, die ihren toten Verlobten um acht Uhr morgens mit – von vermutlich drei Kugeln – zerfetztem Gesicht auffand.
Der tote Theo lag im Wohnzimmer seines ziemlich luxuriösen Villen-Neubaus – in einer der besten Lagen Flensburgs, am Moordamm, bestimmt von den Eltern zur Volljährigkeit hingestellt. Ich klopfte der Blonden noch einmal auf die Schulter. Tröstlich, wie ich glaubte, auch wenn sie unter der Berührung schmerzlich das Gesicht verzog, dann trat ich in den Flur.

Häneke und Bahlinger kamen gerade wieder hereingeschlendert.
„Niemand hat etwas gehört oder gesehen. Die Frau aus dem Haus gegenüber meinte nur, der Tote hätte in der Nacht zuvor wilde Orgien abgehalten."
„Weiß ich schon. Er hat mit seiner Freundin irgendeine Filmrolle gefeiert. Und ihre Verlobung."
„Echt herb", seufzte Bahlinger mit Blick auf die immer noch flennende Birte in der Küche. „Reich, gutaussehend, macht Karriere, hat eine tolle Frau – und wird an seinem schönsten Tag erschossen."
„Er ist wenigstens mit einem Lächeln im Gesicht gestorben", warf Häneke ein, dieser Sonnenschein auf zwei Beinen.
„Wie kannst du dir da so sicher sein?" Ich steckte mein Notizbuch wieder in die hintere, rechte Gesäßtasche. „Vom Gesicht ist doch gar nichts mehr übrig. Bis auf den Augapfel da drüben. Wurde wohl 'rauskatapultiert, als sein Gesicht explodierte."
Diesmal kotzte Bahlinger Häneke voll.
Mitten auf die schönen, neuen Wildledertreter.
Da verging sogar unserem Sonnenschein das Lächeln.
Mein Chef stürzte sich auf mich wie ein Bussard auf eine Feldmaus, als ich in meinem Büro in der Flensburger Polizeidirektion – der nördlichsten Polizeidirektion des Landes, Norderhofenden 1, Blick auf den Innenhof, nicht auf die Förde – rittlings auf meinem klapprigen, unergonomischen Bürostuhl saß und mit zwei Fingern meinen Bericht in den Computer hämmerte. Häneke und Bahlinger am Schreibtisch gegenüber hatten ihn kommen sehen, mich aber nicht gewarnt. Na wartet, Jungs!
„Frau Droste, können Sie schon mit ersten Ermittlungsergebnissen aufwarten?", bellte Kriminaldirektor Weisz mir ins Ohr. Er war nur unwesentlich größer als ich. Wenn ich saß. Napoleons Reinkarnation, inklusive Komplex.
„Der Tote ist ja noch nicht mal kalt!" Diesen Ton durfte ich mir erlauben. Carsten Weisz und ich hatten gemeinsam die

Holzbank auf der Polizeischule in der Nähe von Kiel gedrückt. Wir waren privat sogar per Du. Hatten in grauer Vorzeit auch mal miteinander geschlafen. So gut war er nicht. Auch fachlich nicht. Aber seine Karriere war ein einziger Steilanstieg im Rekordtempo.

„Frau Droste, ich will wissen, ob Sie mir schon etwas zum Täter sagen können, und nicht, ob Sie den Toten mit einem Fieberthermometer malträtiert haben."

Häneke grinste in sich hinein. Bahlinger wurde bleich. Der würde sich in der Mordkommission nicht lange halten. Hier blies ein rauer Wind.

„Es gibt keinerlei Einbruchsspuren. Der Tote hat seinen Mörder offenbar gekannt. Es wurde nach Angaben seiner Verlobten nichts gestohlen, folglich können wir Raubmord ausschließen. Ich tippe auf eine Beziehungstat. Unsere Suche wird sich auf den Bekanntenkreis konzentrieren."

Weisz rückte mit frisch manikürten Händen seine poppige Krawatte zurecht. „Na also, geht doch. Diesen Brocken werde ich jetzt der Presse hinwerfen."

Der Mann lebte für seine Auftritte vor den Medien, und sei es nur das Flensburger Tageblatt.

Als sich die Tür hinter ihm geschlossen hatte, packte Häneke sein Rosinenbrötchen aus. Er bot Bahlinger eins an. Der griff beherzt zu, obwohl er sich vor weniger als einer Stunde noch Magen und Galle ausgekotzt hatte. Holde Jugend!

Mein Ex war genauso gewesen. Immer gut drauf. Und unverwüstlich. Bis zuletzt.

Ich summte ‚How fragile life is' von Sting und hackte wieder auf meine Tastatur ein. Wenn ich an meinen toten Ex denke, summe ich grundsätzlich Sting.

„Du weißt aber schon, dass es nicht unbedingt ein Bekannter gewesen sein muss", meinte Häneke und spuckte, da er mit vollem Mund redete, Rosinen und Krümel über den Schreibtisch. „Man lässt ja auch andere Leute in seine Wohnung – Staubsaugervertreter, Klempner, Amtspersonen, Pizzalieferanten."

„Nachts um eins?“, höhnte ich.
Häneke strahlte mit dicken Hamsterbacken. „Ja klar, nachts um eins. Ist doch die beste Zeit für eine richtig fette Pizza.“
„Wer liefert nachts um eins noch was aus?“
„Dimis an der Schiffsbrücke?“
„Der hat aber keine Pizza, nur Gyros und Lamm.“
„Und einen veganen Bauernsalat!“, rief Fleischlos-Missionar Bahlinger glücklich.

Das schrille Läuten des Telefons riss mich aus meinen unsüßen Träumen. Ich schnappte nach Luft. Eben war ich noch knietief in Blut gewatet. Was für eine Erlösung die Realität doch bisweilen sein kann.
Ich tastete den Nachttisch ab, stieß die leere Schlummertrunk-Flasche Flens Gold um, die mit einem dumpfen Plop auf den weißen Flokati vor dem Bett fiel, und fischte nach meinem Dienst-Handy.
Zu meiner Überraschung steckte ich noch in meinen Kleidern. Genauer gesagt, in meinem blauen Kaschmirpulli. Das letzte Geschenk von meinem Ex.
Ich hievte meine Beine aus dem Bett, schwer wie Blei.
Das Display auf dem Wecker zeigte 5:00 Uhr.
„Was ist?“, blaffte ich.
Es war Häneke. „Unser Mann hat schon wieder zugeschlagen. Dieselbe Methode. Gesicht weggepustet. Keine Patronenhülsen. Keine aufgebrochenen Türen oder Fenster. Diesmal ist das Opfer eine Frau.“
„Okay, hol mich mit dem Wagen ab.“
„Ich steh schon vor deiner Tür.“
„Ich bin in zwei Minuten unten.“
Um fünf Uhr zehn hielten wir vor einer luxus-sanierten Villa im Gorch-Fock-Weg. Dieses Ambiente kann sich nicht jeder leisten.
Bahlinger kam uns schon entgegen. „Dr. Iris Reger“, las er aus seinem niegelnagelneuen Notizbuch vor. „Ihre Nachbarn

sagen, dass sie Medizinerin war. Aber nicht praktische, sondern forschende. Hier am Diakonissenkrankenhaus. Ich befrage die Anwohner schon seit über einer halben Stunde." Er strahlte wie ein Bub, der eine besonders dicke Made entdeckt hat und seiner Mutter voller Finderstolz das schleimige Etwas entgegenhält.

In der funktional und minimalistisch eingerichteten Wohnung wimmelte es vor Menschen. Streifenbeamte, Spurensicherer. Und schon wieder eine tränenüberströmte junge Frau. Kein Model-Typ, aber hübsch. Die Lebensgefährtin?

„Häneke, wer ist das?"

„Die Schwester der Toten."

Ich seufzte. „Bring sie weg."

„Wohin denn?"

„Meinetwegen in den Keller. Nur raus hier."

Häneke schmollte, folgte aber meiner Anweisung. Wär ja auch noch schöner.

Ich sah mich zu Bahlinger um. „Dr. Iris Reger, richtig? Haben Sie schon herausgefunden, ob sie mit diesem Theo ... äh ... Dingsbums von gestern in irgendeiner Beziehung stand?"

„Ich habe keinen Hinweis auf eine Verbindung finden können. Und ihre Schwester sagt, dass sie noch nie von einem Theo Bäumler gehört hat. Oder sonst Kontakt zu Schauspielern hatte."

Bahlinger strahlte immer noch. Das ging mir tierisch auf die Nerven. Wahrscheinlich freute er sich einfach, dass er dieses Mal nicht hatte kotzen müssen.

„Sehen Sie das da auf dem Boden?", jubilierte er.

Pfiffiges Kerlchen mit einem Blick für Details. Den musste ich im Auge behalten.

„Konfetti."

Häneke kam wieder herein. „Ich habe die Schwester bei der Nachbarin von nebenan untergebracht."

„Die Tote soll vor kurzem einen Durchbruch in ihrer Forschung erzielt haben", fuhr Bahlinger fort. „Irgendeine

Neuerung auf dem Gebiet der Kardiologie."
„Sie hat also gefeiert", konstatierte ich angesichts der Konfetti-Reste.
Bahlinger zückte wieder sein Notizbuch. „Im kleinen Kreis. Bei offenen Terrassentüren. Aber sehr dezent. Die Nachbarin von nebenan, Klara Lutz, hat gesagt, es sei ein Mann zu Besuch gewesen. Sie hätte ihn schon des öfteren gesehen. Der Ex-Mann der Toten, wie sie glaubt. Die Ermordete habe ihr einmal erzählt, dass sie an eine Wiederheirat denke. Der Ex sei gegen 24 Uhr gegangen."
Welch eine aufmerksame Nachbarin. Hatte sie einen Bewegungsmelder installiert oder campierte sie nächtens immer vor ihrem Haustürspion?
Häneke fuhr sich in einer Denkergeste über das stoppelige Kinn. „Beide Opfer haben gefeiert. Das könnte das Verbindungsglied sein. Wir sollten prüfen, ob Dr. Reger auch im Grisou war. Der Mörder könnte seinen Opfern von dort zu ihren Wohnungen gefolgt sein."
Ich sah ihn nicht an, sondern betrachtete die kleine Fotogalerie auf dem Fenstersims. Eine glücklich lächelnde Iris Reger, in Shorts und Baseballmütze auf einem Segelboot in der Flensburger Förde, im Kreis ihrer Familie unter dem Weihnachtsbaum, im weißen Kittel im Kollegenkreis, im Chanel-Kostüm als Studio-Portrait. Lächelnd. Zuversichtlich. Keine schöne Frau, aber eine mit einer geballten Ladung Kompetenz und Ausstrahlung. Wieder jemand, dem das Lachen vergangen war. Dauerhaft.
„Hörst du mir überhaupt zu?", fragte Häneke.
„Ja. Gute Idee. Wir überprüfen das nachher." Ich drehte mich zu Bahlinger um. „Haben Sie schon Kontakt mit dem Ex-Mann aufgenommen?"
„Äh … nein."
„Na, dann los."
Bahlinger zischte ab.

Häneke fuhr zur Höchstform auf. „Hör mal, das ist doch seltsam“, sagte er, „Frau Dr. Reger hier im Gorch-Fock-Weg, dieser Theo Bäumler drüben am Moordamm. Die räumliche Nähe ist auffällig. Und das hier ist ja nicht irgendein Problem-viertel, sondern beste Wohnlage.“

Ich grinste und legte mit Daumen und Zeigefinger auf ihn an. „Vielleicht ein betuchter Rentner, der bei ruhestörendem Lärm nicht erst lange bei der Polizei durchläutet, sondern zur Selbsthilfe greift. Peng.“
„Aber warum schießt er erst, wenn schon wieder Ruhe eingekehrt ist? Wenn die Gäste gegangen sind? Nein, da steckt was anderes dahinter, das hab' ich im Urin.“ Häneke strich sich erneut über die Bartstoppeln. Es knackte.
Ich ging in die Knie und formte aus dem bunten Konfetti einen grimmigen Smiley.
„Chefin, Chefin!“ Bahlinger stürmte atemlos herein, rannte gegen einen vierschrötigen Kriminaltechniker, ging zu Boden, rappelte sich wieder hoch. „Chefin, ich wollte gerade den Ex anrufen, da hat mich eine ältere Dame angesprochen. Sie wohnt zwei Häuser weiter und hat einen Verdächtigen davonschleichen sehen! Sie schwört Stein und Bein: Der Täter war ein Zwerg!“

Wir belehrten Bahlinger, dass es nicht Zwerg heißt, sondern Kleinwüchsiger. Dann krallten wir uns die Nachbarin, eine Perdita Ohlig, und nahmen sie mit aufs Revier, um die Verbrecheralben durchzugehen.
Frau Ohlig, eine hagere Endfünfzigerin, Witwe, neigte zu blumigen Ausschmückungen. Auf Nachfrage räumte sie ein, dass es wohl doch kein Zwerg war, sondern einfach nur ein sehr kleiner Mann. Für Frau Ohlig war alles Zwerg, was kleiner war als ihr Verstorbener Gatte selig.
„Und er hat so komisch gebrummt“, erklärte sie.
„Gebrummt?“, hakte Häneke nach.

Sie nickte, und ihr Truthahn-Hals geriet ins Wabbeln. „Gebrummt! Ein böser, brummender Zwerg."
„Kleinwüchsiger", seufzte Häneke.
Ich rollte nur mit den Augen.
Die Ohlig blätterte den ganzen Vormittag durch unsere erkennungsdienstlichen Foto-Alben, während Bahlinger sie mit Kaffee und Croissants vom BackWerk um die Ecke versorgte, bis sie um 11 Uhr 45 verkündete, dass sie den Mann ja nur von hinten gesehen habe, und da sei das Wiedererkennen auf einem Foto wirklich schwierig. Ob wir auch Brumm-Proben zum Anhören hätten?
Ehrlich, wenn es ohne Zeugen ginge, wäre mein Leben das reinste Paradies.
„Er war also relativ klein, trug Jeans und eine Wollmütze", wiederholte ich alle gesicherten Punkte ihrer Aussage.
Frau Ohlig nickte. „Es war natürlich dunkel, und ich konnte nur die Umrisse erkennen … aber er wirkte auf mich irgendwie weibisch."
„Ein Schwuler?", warf Häneke ein.
Ich ließ Frau Ohlig darauf gar nicht erst antworten. „Was meinen Sie mit weibisch? Tänzerische Bewegungen? Graziler Körperbau?"
„Es könnte doch auch eine Frau gewesen sein", meldete sich Bahlinger zu Wort.
Ich brachte ihn mit einem besonders eisigen Blick zum Verstummen.
Frau Ohlig schüttelte den Kopf. „Eine Frau könnte so eine grausame Tat niemals begehen. Ausgeschlossen!"
Ich seufzte in mich hinein. Lautlos, aber gefühlvoll. Die Ohlig und Häneke teilten sich offenbar dasselbe Uralt-Weltbild.
„Frau Ohlig, Sie haben uns sehr geholfen", log ich gleich darauf. „Zwei Kollegen von der Streife bringen Sie jetzt nach Hause."
Auf dem Weg nach draußen stieß sie mit Kriminaldirektor Weisz zusammen. Mein kleiner, etwas weibischer Chef.

Ob ihn die Ohlig als Täter zweifelsfrei identifizieren würde, wenn ich ihn für eine Gegenüberstellung in Jeans und Wollmütze steckte?
Quatsch, schon klar, aber man wird ja wohl noch träumen dürfen.
„Frau Droste, das ist bereits der zweite Mord in dieser Woche!“, bellte Weisz. Es klang, als sei das meine Schuld.
Weisz trug ein Polohemd und eine Karohose, natürlich farbkoordiniert. In Pastellgrün. Freitags golfte er immer mit dem Polizeipräsidenten im Förde-Golf-Club drüben in Glücksburg, und machte daher auf leger.
„Was haben Sie mir anzubieten?“ Er pflanzte seinen Hintern auf meinen Schreibtisch. Das machte er öfters. Weswegen ich immer eine Flasche Sagrotan zum Desinfizieren im untersten Fach aufbewahrte.
Ich holte tief Luft. „Eine Täterbeschreibung. Auffällig klein, schmal gebaut. In Jeans und Wollmütze. Da beide Tatorte in unmittelbarer Nähe zueinander liegen und es keinen Hinweis auf Einbruch und Raubmord gibt, halte ich es für vertretbar, sämtliche männlichen Anwohner des Viertels zu überprüfen.“
„Na ausgezeichnet. Es tut sich was. Ich genehmige die Manpower. Sorgen Sie nur dafür, dass nicht noch ein Mord passiert.“
Er rauschte davon.
Ich sah ihm nach. Dann schickte ich Häneke und Bahlinger los, das Grisou zu überprüfen, in der Theo Bäumler und vielleicht auch Dr. Iris Reger den jeweils letzten Abend ihres Lebens verbracht hatten.
Daraufhin hatte ich das Büro für mich allein. Ich summte ‚Fragile‘ von Sting und goss den welken Bürogummibaum.

Nachts kann ich oft nicht schlafen. Ich liege in meinem Bett in meiner Eineinhalb-Zimmer-Wohnung schräg gegenüber der Phänomenta, von dem aus ich den Spiegel an der Wand sehen kann und darin das Spiegelbild des Nordertors vor den gardinenlosen Fenstern, und dann grübele ich.

Ich muss an meinen Ex denken. Und an seine Neue. Wir hatten den Hochzeitstermin schon ausgesucht. Er war die Liebe meines Lebens. Ich aber anscheinend nicht die seine.
Es habe ihn wie eine Urgewalt getroffen, hat er gesagt. Er sei machtlos dagegen, hat er gesagt. Das war vor sechs Monaten. Dann hatten die beiden den … äh … Autounfall.
Tja.
Ich habe seit damals nicht mehr gelacht.
Meine Welt ist grau in grau. Und es nervt mich, wenn andere lachen. Ganz besonders nervt es mich, wenn sie mir ihr Liebes- und Lebensglück auch noch plump unter die Nase reiben, indem sie fröhlich und ausgelassen in ihren heimeligen Gärten feiern und sich verliebt küssen, während ich mir meine Schlaflosigkeit durch ausgedehnte Nachtspaziergänge ablaufe. Das ist doch einfach nicht fair.
Aber jetzt habe ich ja einen Weg gefunden, mir Erleichterung zu verschaffen. Mich gewissermaßen an den fiesen Schicksalsgöttern zu rächen, indem ich ihre Glückspläne für andere vereitele.
Es vereinfacht die Sache enorm, dass man mit Dienstmarke überall Zugang bekommt. Den Revolver habe ich vor Urzeiten bei einer Razzia in einem Bordell in Rendsburg eingesteckt, als ich noch bei der Sitte war. Den wird niemand zu mir zurückverfolgen können. Er liegt in einem Schuhkarton unter den Winterklamotten in meinem Schrank. Zusammen mit einem Zeitungsartikel, in dem Dr. Iris Reger für ihre bahnbrechenden Arbeiten auf dem Gebiet der Kardiologie gelobt wird, und Theo Bäumlers Abschlussdiplom von der Schauspielschule. Kleine Andenken, die ich mir reinziehen kann, wenn ich mal wieder richtig down bin. Denn die zwei haben jetzt auch ausgeliebt, die werden auch nie wieder lachen. Ein irgendwie beruhigender Gedanke. Äußerst beruhigend. Wie sagt man so treffend: Geteiltes Leid ist halbes Leid. Ich hätte nicht gedacht, wie ungeheuer befreiend das ist. Und wie gut es gegen Schlaflosigkeit wirkt.

Ich bin total erledigt. Heute Nacht werde ich sicher nicht wieder losziehen. Aber morgen bestimmt. Spätestens übermorgen. Ich muss nur aufhören, währenddessen Sting zu summen.

Bremen:

Martina Bick

BREMER SITTEN

Strychnin wirkt hundertprozentig, das wusste Netti. Strychnin war früher im Rattengift, und es war noch ziemlich viel drin in der alten Packung, die sie vor Jahren in Großmutters Gartenhäuschen gefunden hatte. Die heutigen Insektizide enthalten kein Strychnin mehr. Auch kein Arsen. Die Wirkung von Arsen ist zu krass.
Netti war Arzthelferin, sie kannte sich aus mit diesen Dingen, und wenn sie etwas nicht wusste, wusste sie, wo sie nachschauen musste. Mit Arsen hatte die Gesche Gottfried ihre Giftmorde begangen, ihre ganze Familie hatte sie ausgerottet, damals, vor rund zweihundert Jahren. Dafür war sie öffentlich hingerichtet worden. Ihr Kopf war über den Domshof gerollt, und der Stein, auf dem er aufgeschlagen – oder liegen geblieben – war, war noch immer gekennzeichnet durch ein Kreuz. Als Kind hatte Netti draufgespuckt, wenn sie an ihm vorbeikam. So hatte man es ihr beigebracht, gute alte Bremer Sitte. Dem großen steinernen Roland auf dem Marktplatz über die blank gewetzten, spitzen Knie streichen, das brachte Glück – auch so eine gute alte Bremer Sitte. Und immer hinaufschauen zur Gluckhenne und ihren Küken, die sich an der zweiten Arkade des Rathauses verbargen – schräg gegenüber vom Roland, auf

der rechten Seite. Auch das hatte Netti von ihrer Großmutter gelernt. Aber sonst nicht viel. Sie waren zu verschieden, sie waren eine Notgemeinschaft, hatte Großmutter immer gesagt. Im letzten Jahr war die Alte gestorben, ganz überraschend. Sie hatte kaum gelitten.

Tod und alle Todesursachen hatten Netti von Kindheit an interessiert. Darum hatte sie auch in einer Arztpraxis arbeiten wollen, obwohl die Arbeit weder leicht noch gut bezahlt war. Dazu die unregelmäßigen Arbeitszeiten, oft war sie bis spät abends in der Praxis, wenn alle anderen schon längst aus den Büros und Betrieben nach Hause gegangen waren. Um selbst Medizin zu studieren, waren Nettis Zeugnisse viel zu schlecht gewesen. Sie hätte es sich auch nicht zugetraut, sie war zu zerstreut, konnte nicht gut lernen, vergaß und verwechselte manchmal wichtige Dinge. Sie war nicht dumm, aber sie war nie eine gute Schülerin gewesen. In den naturwissenschaftlichen Fächern war sie gut gewesen, aber nur, wenn die Themen sie ernsthaft interessierten. Organische Chemie zum Beispiel, die hatte sie interessiert. Oder Atomtheorie und Kernspaltung, die Entwicklung der ersten Atombombe und anderer tödlicher Waffensysteme, das interessierte sie. Darüber stöberte sie stundenlang im Internet, und in der Schule hatte sie mit lauter Einsen geglänzt, wenn es um ähnliche Themen ging.

Warum ausgerechnet sie sich in einen Gutmenschen wie Gregor Tadsen verliebt hatte, der keiner Fliege etwas zu Leide tun konnte und schon als Pazifist zur Welt gekommen zu sein schien, wusste sie allerdings auch nicht. Schon wenn der kleinste Streit aufzukommen drohte zwischen den Mitgliedern des wöchentlichen Gesprächskreises „Buntentor“ – so genannt, weil sie sich in einem Gemeindesaal am Buntentorsteinweg in der Bremer Neustadt trafen –, ging Gregor dazwischen und bat um Frieden, um konstruktive Auseinandersetzung und gegenseitiges Verständnis. Wie knurrige Hunde zogen die Kontrahenten sich dann auf ihre Stühle zurück, murrend, wenig überzeugt, aber den Regeln der Gruppe gehorchend.

Regeln, die Gregor Tadsen ihnen auferlegte, Regeln der Nächstenliebe und Toleranz. Schließlich waren sie ein kirchlicher Gesprächskreis für „junge Erwachsene", fast zwanzig junge Frauen und Männer, und es wurden gerade immer mehr. Weil sie spannende Sachen zusammen unternahmen: Fahrten aufs Land oder in andere Städte, Feten und Disco-Abende, Grillfeuer, Filmvorführungen und Diskussionsrunden. Aber nicht das Programm war es, das die jungen Leute anzog, es war die gute Stimmung, die in der Gruppe herrschte. Und dass es nie langweilig war bei ihnen. Und dafür war in erster Linie Gregor Tadsen verantwortlich.

Niemals hätte Netti einen Dienstagabend im Gemeindehaus ausgelassen. Selbst wenn sie abends lange in der Praxis bleiben musste, weil die Kette der Patienten einfach nicht abriss, ging sie doch immer noch anschließend zur Buntentorgruppe. Denn nur dort traf sie Gregor Tadsen.

Gregor war Sozialpädagoge und seit ein paar Jahren Diakon in der Gemeinde am Buntentor. Er hatte das gewisse Etwas, um mit einer großen Gruppe umzugehen, vor allem mit einer Gruppe Jugendlicher. Er war klug, hatte Einfühlungsvermögen und Humor, gepaart mit einer natürlichen Autorität. Er konnte streng sein und doch immer voll Verständnis für die Probleme der jungen Erwachsenen bleiben, für ihre Sorgen und Nöte, die er alle zu kennen schien, ohne sie danach ausfragen zu müssen, ohne jemanden bloßzustellen. Er war hilfreich und anregend und einfach ein toller Typ. Dabei war er selbst auch noch relativ jung, nur zehn Jahre älter als die meisten von ihnen. Keiner wusste, woher er seine Gabe hatte, aber alle spürten sie. Und alle liebten ihn.

Sogar die schweren Jungs, mit denen sonst niemand umgehen konnte. In der Buntentorgruppe waren sie handzahm, gutmütig, verlegen und wollten unbedingt dazugehören. Auch ein paar Jungs aus türkischen Familien blieben dabei und wurden akzeptiert. Die Mädchen waren natürlich alle in Gregor verknallt. Alle! Er sah nämlich auch noch gut aus. Das allein hätte

ja schon genügt. Alle schmissen sie sich an ihn ran. Er nahm es sportlich und humorvoll, nahm jede hin und wieder kameradschaftlich in den Arm, tanzte mit allen bei den Discos – und ließ keine wirklich an sich heran.
Aber Netti – Netti liebte Gregor wirklich. Mit ihm und ihr, das war etwas anderes. Sie wusste das, und er wusste es auch. Netti hatte sich noch nie zuvor in einen Mann verliebt, keine Jungsfreundschaften gepflegt, Rumknutschereien, wie die anderen Mädchen in der Gruppe sie ständig hatten – so etwas gab es bei ihr nicht. Netti war noch nie mit einem Jungen „gegangen", wohin sollte man auch zusammen „gehen"? So eine blöde Bezeichnung. Gleichaltrige langweilten sie, sowohl die aus der Buntentorgruppe als auch alle anderen jungen Männer, die sie kannte. Sie hatten alle kein Format. Man konnte mit ihnen nichts anfangen, außer Samstage lang in den Parks rumhängen oder vor der Glotze, abends auf endlosen Partys rumsitzen und Bier trinken, auf ihren Mopeds durch die Gegend fahren – lauter Hobbies, die Netti nicht teilte. Netti wollte weder allein noch mit anderen „rumhängen". Sie hatte zu tun und keine Zeit fürs Chillen. Sie würde eines Tages heiraten und eine Familie gründen. Das musste man nicht mit anderen üben. Und den Mann dafür hatte sie ja bereits gefunden: Gregor Tadsen. Niemand anders kam für sie infrage.

Nach ungefähr zwei Jahren in der Buntentorgruppe hatte Netti bei einer Tanzfete spät am Abend Gregor um ein Gespräch gebeten. Aufmerksam hatte er Netti angeschaut und sich neben sie auf die Bank im Garten hinter dem Fetenraum gesetzt. Es war ein lauer Sommerabend gewesen, die Musik war laut durch die offenen Fenster geschallt, morgen würden die Nachbarn sich wieder im Gemeindebüro beschweren. Aber das machte Gregor nichts aus, er würde die Leute schon besänftigen. Sie kannten ihn alle hier, und sie waren ihm dankbar, weil er die Jugendlichen von der Straße holte

und sie irgendwie unter Aufsicht brachte. Dass es dadurch hin und wieder mal etwas lauter zuging in der ruhigen Neustadt, mussten sie dafür in Kauf nehmen.
„Ich möchte dir gern etwas sagen. Es betrifft uns beide“, begann Netti und versuchte, in Gregors Gesicht zu lesen, was ihre Eröffnung bei ihm bewirkte. Er sah sie weiterhin ruhig und mit Wärme an. „Ich liebe dich, Gregor. Ich möchte gern, dass du das weißt.“
„Ich weiß es schon“, sagte Gregor. Er nahm jetzt nicht ihre Hand, wie sie es sich gut hätte vorstellen können. Aber ihr schien, dass das Lächeln in seinen Augen noch ein bisschen wärmer wurde.
„Und was sagst du dazu?“, fragte Netti.
Gregor lehnte sich zurück und sah ein Weilchen in den Garten, dessen Bepflanzung eine angenehme Mischung aus Pflege und wildem Wachstum darstellte. Ein weißer Rosenbusch blühte üppig und verströmte seinen herrlichen, frühsommerlichen Duft.
„Ich glaube, dass du deinen Vater vermisst, Netti. Und dich darum in so einen alten Knacker wie mich verliebt hast.“
Ein kühler Hauch zog über Nettis Haut, sie fröstelte und fuhr mit den Händen über ihre bloßen Unterarme. Es war schlimm, was er da sagte, er hielt sich ihrer nicht für Wert. Natürlich vermisste sie ihren Vater nicht – sie hatte ihn ja gar nicht gekannt, ebenso wenig wie ihre Mutter, beide waren bei einem Autounfall ums Leben gekommen, als sie noch ganz klein war – aber sie wusste, was er meinte. Er meinte es gut mit ihr.
„Und du?“, hakte sie nach. „Was empfindest du für mich?“
„Ich hab dich sehr gern“, sagte Gregor spontan. Er wandte sich ihr zu, nahm nun doch ihre Hand und drückte sie warm zwischen seinen beiden Händen. „Ich hab dich gern, so wie du bist. Wie ich euch alle, jeden auf seine Weise, gern habe.“
Netti lächelte. Seine Worte strichen an ihr vorüber wie eine ferne Melodie, sie hatten keine Bedeutung, Bedeutung hatten nur seine Augen, die sagten die Wahrheit. Seine Augen

sprachen die Sprache der Liebe. Vielleicht – höchstwahrscheinlich – wusste Gregor das nicht, aber Netti würde es ihm zeigen. Sie würde ihn lehren, sie zu lieben.
So verging ein weiteres Jahr. Nettis Liebe trug sie wie ein Luftkissen, sie lebte von Dienstag zu Dienstag, von Begegnung zu Begegnung. Ihr Interesse an Todesursachen hatte sich im Lauf der Zeit und der Arbeit in der Hausarztpraxis, die in einer kleinen ruhigen Seitenstraße in Huckelriede nahe des Buntentorsteinwegs lag, weiter verstärkt. Sie war inzwischen dazu übergegangen, an einigen Patientinnen kleine Experimente vorzunehmen. Zwei ältere Damen – die eine schwer an Parkinson erkrankt, die andere litt unter einer beginnenden Demenz und einer schweren Herzinsuffizienz – waren den köstlichen Eierlikörtrüffeln erlegen, die Netti zuhause in Großmutters altmodischer Wohnküche hergestellt hatte. Sie hatte sie aus weißer Schokolade angefertigt, die sie mit erhitzter Sahne und Eierlikör geschmolzen und mit einer Messerspitze von dem alten Rattengift angereichert hatte. Die Wirkung war durchschlagend gewesen – genau wie seinerzeit Großmutter waren die beiden Damen innerhalb kürzester Zeit nach dem Genuss der Köstlichkeit relativ umstandslos verblichen. Der Doktor kam nach den Notrufen beide Male recht aufgeräumt wieder in die Praxis.
„Da war nichts mehr zu machen", sagte er. „Aber sie hat nicht leiden müssen."
In die Totenscheine hatte er als Todesursache in beiden Fällen „Herzstillstand" eingetragen. Von trauernden Verwandten war Netti nichts zu Ohren gekommen. Obwohl die Hausarztpraxis in Huckelriede recht gut vernetzt war, denn man kannte sich dort und sorgte sich umeinander.
Durch diese Studien hatte Netti ihre Erfahrungen im Umgang mit dem Strychnin verfeinern können. Als nächstes stellte sie herzhafte Bouletten her, wie die schweren Jungs in der Buntentorgruppe sie am liebsten aßen. Sie hatten alle das Herz nicht am falschen Fleck, das war Netti bewusst. Sie waren gute Kerle

– aber sie waren laut und wichtigtuerisch. Immer mussten sie die erste Geige spielen, jeden Dienstagabend standen sie im Mittelpunkt, egal um welches Thema es ging. Wenn einer von ihnen Ärger machte oder schlecht drauf war, brachte Gregor es fertig, die restliche Gruppe sich selbst zu überlassen und mit diesem einen Sorgenkind in den Garten zu gehen und stundenlang auf ihn einzureden. Nie hätte Netti es sich herausgenommen, so viel von der kostbaren Zeit mit Gregor für sich allein zu beanspruchen. Warum gingen die Jungs nicht irgendwann unter der Woche zu ihm und weinten sich aus? Warum mussten sie es in der Gruppensitzung tun, in der einzigen Zeit, die Netti gegeben war, um ihr großes Werk zu vollbringen? Wann sonst sollte sie dem Mann ihres Lebens das Herz öffnen für die eine Frau, für die er geschaffen war?

Die Bouletten waren mit etwas Knobi und feinen Schalotten gewürzt und aus reinem Rindermett hergestellt, damit auch die türkischen Jungs zugreifen konnten, die ebenfalls zu Gregors Sorgenkindern gehörten und sich regelmäßig Extrazeit mit dem Diakon erschlichen. Das musste aufhören.

Die sechs Bouletten waren im Nullkommanichts vom selbst ausgerichteten Buffet des Sommerfests verschwunden. Zwei von den schweren Jungs hatte es noch auf dem Gelände des Gemeindehauses erwischt. Zwei brachen erst im Laufe der Nacht zusammen, der eine zuhause, der andere in der Notaufnahme der Rolandklinik. Eine Boulette war von Birgit gegessen worden. Das vorlaute Mädchen starb im Laufe der Nacht im eigenen Bett. Die sechste Boulette hatte Ercan verdrückt, ein riesengroßer dicker Kerl, für den die Giftration offenbar nicht ausreichend gewesen war. Er überlebte, aber seine Hirnfunktionen waren schwer beeinträchtigt. Da er schon vorher nicht der Hellste gewesen war, war das kein großer Verlust, fand Netti.

Natürlich kam es wegen der Häufung der Todesfälle im Anschluss an das Sommerfest zu einer peniblen polizeilichen Untersuchung. Von den Bouletten gab es jedoch längst keine

Spur mehr, und alle anderen Speisereste waren natürlich frei von Strychnin, das in der kriminaltechnischen Untersuchung schnell als Todesursache erkannt wurde. Da die Jungs und vor allem Birgit auch jede Menge andere Dinge in ihre Mägen geschlagen hatten, war nicht mehr feststellbar, welche der Köstlichkeiten das Gift an Bord gehabt hatte. Ärgerlich. Aber dann fand die Polizei eine uralte, fast aufgebrauchte Packung Rattengift aus dem Jahr 1962 im Keller des Gemeindehauses. Das Gebäude wurde daraufhin vorrübergehend geschlossen.
Die Buntentorgruppe traf sie sich trotzdem weiter – jetzt erst Recht –, und ohne die schweren Jungs mit ihrem Imponiergehabe auf das Angenehmste dezimiert in viel ruhigerer Atmosphäre in einer netten Kneipe am Niedersachsendamm. Gregor hatte ein erstes weißes Haar bekommen. Er sah verändert aus, irgendwie betrübt, fand Netti. Sie machte sich Gedanken, wie sie ihn aufheitern könnte.
Da ergab sich eines Dienstagabends eine völlig neue Situation. Mit an dem großen Tisch, der immer für sie in der Kneipe reserviert war, saß eine junge Frau, die Netti noch nie gesehen hatte. Schnell wurde ihr klar, dass niemand außer Gregor die Neue kannte. Sie war vielleicht ein oder zwei Jahre älter als sie alle, sah jedoch auf den ersten Blick jünger aus, denn sie war sehr zart und klein und trug die rotblond schimmernden Haare zu einem langen Zopf geflochten. Als sie sich vorstellte bekam Mungla – so ihr Name – rote Bäckchen vor Aufregung. Sie sei aus Habenhausen, studiere Sozialpädagogik an der Uni, mache zurzeit ein Praktikum im Kindergarten am Buntentor, und sie würde gern ab jetzt an den Gruppensitzungen teilnehmen. Nachdem sie sich vorgestellt hatte, warf sie Gregor einen Blick zu, der Nettis schlimmste Vermutungen bestätigte: Diese Frau war ein Irrtum. Sie war eine Sackgasse, in die Gregor sich verrannte. Und aus der sie ihn befreien musste.

Einige Wochen sah Netti sich das Theater mit an. Gregor kam regelmäßig mit Mungla zusammen zur Dienstagsgruppe und ging regelmäßig zusammen mit ihr weg. Sie fuhr ein kleines rotes Auto, und Gregor, der passionierte Radfahrer, fuhr mit seinem Fahrrad neben ihr her. Bis nach Habenhausen mochte Netti, die ebenfalls immer Fahrrad fuhr, die beiden nicht verfolgen, aber am Wochenende spazierte sie manchmal über die Weser zur Wendtstraße im Steintorviertel, wo Gregor wohnte. Immer stand der kleine rote Wagen vor seinem Haus, es war kaum zu glauben. Gregor konnte es doch nicht ernst meinen mit dieser kleinen Schnalle, sie war doch ein Nichts, eine Kindergärtnerin! Was konnte so eine denn für ihn bedeuten?

Als der Sommer sich neigte und Mungla noch immer regelmäßig zu den Dienstagabenden erschien, leise lächelnd, freundlich und still neben Gregor Platz nahm und mit ihrer kindlichen Art immer mehr Gruppenmitglieder für sich gewann, begann Netti, an einer Lösung zu arbeiten. Pralinen kamen in diesem Fall nicht infrage. Mungla aß wie ein Vögelchen, und Schokolade und andere Süßigkeiten rührte sie nicht an. Sie trank gern mal ein Gläschen Wein – aber Strychnin ließ sich im Wein nicht verstecken. Er wurde davon ungenießbar, und schon sein Geruch war alarmierend, wenn Netti ihn präparierte. Gewürzgürkchen schien die Auserwählte gern zu mögen. Netti stellte ein kunstvolles Arrangement aus gefüllten Gürkchen her, aber es stellte sich keine Gelegenheit ein, um sie Mungla unauffällig zu überreichen, zudem mit einer Garantie, dass sie sie auch in absehbarer Zeit und möglichst allein und vollständig zu sich nehmen würde. Mungla war von solcher Bescheidenheit und Genügsamkeit, dass man sie mit vergifteten Nahrungsmitteln einfach nicht zielsicher erwischen konnte. Eine ganz neue Situation, eine echte Herausforderung.

Netti ging Fachzeitschriften durch, stöberte in ihren alten Aufzeichnungen aus Jugendtagen, forschte Nächte lang im Internet – keine Todesart schien für diese Frau geeignet zu sein. Eine Insulin- oder Nikotininjektion wären gute Mittel, aber wie sollte Netti Mungla unauffällig eine Spritze setzen? Sie war leider nicht Patientin in Nettis Hausarztpraxis – sonst hätte sich natürlich eine geeignete Gelegenheit ergeben. Aber so klein und zart die Frau auch war, sie schien nie krank zu sein, nicht mal verschnupft oder unpässlich. Irgendwann würde sie schwanger werden, das war absehbar. Dann könnte man vielleicht etwas arrangieren …, aber dann war es auch schon zu spät. Wenn sie ein Kind von Gregor erwarten würde, wäre sein Herz auf immer verloren. Netti musste handeln, ehe die Beziehung zu stark gefestigt war.

Eines Sonntagnachmittags – es war ein herrlicher Spätherbsttag mit vielen bunten Blättern, stahlblauem Himmel und noch mal fast sommerlicher Wärme – fuhr Netti mit ihrem Fahrrad am Werdersee entlang. Sie radelte bis zum Weserwehr, schaute lange zu, wie ein Schiff geschleust wurde, beobachte die kleinen Wasserfälle, mit denen das braune Weserwasser die Gefällestufen hinunterrauschte. „Lebensgefahr durch Sog" stand an den Staumauern auf großen Schildern. Ja, wenn man die kleine Frau hierherbringen und ins Wasser schubsen könnte, das würde sie sicher nicht überleben. Schwuppdiwupp wäre der rotblonde Zopf im modrigen Wasser verschwunden …

Vom Wehr aus hatte man einen schönen Blick auf die Werderbrücke – Erdbeerbrücke, hatte Großmutter sie immer genannt, weil sie nach Habenhausen führte, wo es früher große Erdbeerfelder gab. Netti radelte über den Osterdeich und fuhr über die Werderbrücke zurück Richtung Neustadt, ohne einen Abstecher zu Gregor Tadsen zu machen. Zu traurig machte sie der Anblick des roten Autos vor seiner Tür.

Aber da sah sie von der Brücke aus unten auf dem Holzdamm ein kleines rotes Gefährt auf die Brücke zufahren, die hier den Holzdamm überspannte. Netti sprang vom Rad und lehnte es an einen Stapel Gehwegplatten, den Bauarbeiter hinterlassen hatten. Der rote Wagen fuhr langsam auf die Brücke zu, Netti konnte deutlich Munglas roten Schopf hinter der Windschutzscheibe erkennen, auch das Kennzeichen stimmte. Der Wagen fuhr unter der Brücke durch und kam auf der anderen Seite, genau dort, wo Netti sich über das Geländer lehnte, wieder

heraus. Langsam fuhr Mungla weiter, bis sie einen Parkplatz fand und einparkte.
Hier also wohnt die junge Dame, dachte Netti und ließ sich auf den Stapel Gehwegplatten sinken, während hinter ihr der Verkehr über die Brücke donnerte. In Gedanken verloren strich sie über den rauhen Granit. „Hier also fährt sie immer lang", murmelte sie, und ein sanftes Lächeln spielte um ihre Mundwinkel.
Am nächsten Dienstag verkündete Gregor, dass der Buntentor-Gesprächskreis demnächst wieder in die alten Räumlichkeiten im Gemeindehaus umziehen könne, die inzwischen gründlich renoviert und von allen Altlasten, wie Giftresten im Keller und so, bereinigt worden seien. Und bei dieser Gelegenheit wolle er auch gleich verkünden – bzw. sie beide wollten es verkünden, dabei strahlte er Mungla an, die wie immer bescheiden und mit roten Kopf neben ihm saß –, dass er und Mungla die Absicht hätten, sich zu verloben. Und hiermit sehr herzlich die Buntentorgruppe zur Verlobungsfeier einladen würden, die im frisch renovierten Gemeindehaus stattfinden solle.
An diesem Abend ging Netti früher nach Hause. Sie fühlte sich müde, hoffentlich bekam sie keine Erkältung, ausgerechnet jetzt, wenn es so viel zu tun gab. Gleich am nächsten Abend postierte sie sich auf der Erdbeerbrücke neben den Gehwegplatten und wartete ab. Je später es wurde, desto besser: Noch war der Feierabendverkehr hinter ihr stark, aber er würde bald nachlassen. Wenn nötig, konnte sie den ganzen Abend über hier sitzen und warten. Auch morgen und übermorgen und überübermorgen.

Eine knappe Woche später am Dienstagmorgen empfing ihre Kollegin sie mit der skandalösen Neuigkeit im Pausenraum der Arztpraxis. Die Lokalseite des „Weserkuriers" lag aufgeschlagen vor ihr auf dem Tisch.
„Stell dir vor, der war sofort tot! Sowas Hinterhältiges, Gehwegplatten auf Autos schmeißen, pfui, wer tut denn sowas."

Netti zog ihren Arbeitskittel an und verstaute ihre Straßenkleidung sorgfältig im Spint. Draußen klingelte das Telefon, und die Türglocke ging am laufenden Band.
„Das Auto hat's direkt zerschmettert, man stelle sich das mal vor, unter der Erdbeerbrücke langfahren, an nix Böses denken, und dann … der arme Mann, zum Glück war er sofort tot."
„Welcher Mann?", fragte Netti streng.
„Na, der Mann, der in dem Auto saß." Die Kollegin schob Netti die Zeitung rüber. „Es war das Auto seiner Freundin, er wollte ihr den Wagen gerade zurückbringen, sie wohnt da am Holzdamm. Lies doch, Gregor T., so heißt der arme Kerl. Und dabei wollten die beiden gerade heiraten. He he, was haste denn, Mädchen, du wirst ja ganz weiß! Netti, nicht umfallen, Nettiiiii!"

Rendsburg:

Michael Koglin

JUGEND FORSCHT

Der Orgasmus ist ein kleiner Tod. Heißt es. Für mich ist er ein großes Fragezeichen. Ich tappe da völlig im Dunkeln. Mal abgesehen davon, was passiert, wenn ich an mir rumspiele, hab ich keinen blassen Schimmer wie, das ist: Ich meine, Sex zu haben. Wirklichen, echten Sex. Mit einem anderen Menschen. Die Berührungen der Körper, das Knistern und die Anspannung bis – in meinem Kopf ist das alles nur graue Theorie. Bedienungsanleitungen, die mich durcheinanderbringen. Klar habe ich schon mal einen Büstenhalter aufgefingert und mir fast die Hand in einem zu engen Slip verrenkt. Aber mehr war da nicht. Möglich, dass ich einfach zu schüchtern war. Ich habe lieber davon geträumt, dass mich eine erfahrene Frau mal so richtig rannimmt. Mir hat einfach der Biss gefehlt.
Ich hab mir immer gesagt, mach dir keine Sorgen, es wird schon irgendwann passieren. Bloß keinen Stress. Eines Morgens wachst du grinsend auf – und du hast es getan. Nichts als Wunschträume. Und jetzt läuft mir die Zeit davon.

Wenn es stimmt, ich meine die Geschichte mit der Wiedergeburt, dann komme ich im nächsten Leben noch als Regenwurm zurück. Die treiben es ja angeblich auch mit sich selbst.

Ob Wiedergeburt oder nicht, eines ist sicher: Ich werde sterben. Morgen. Spätestens aber in zwei Tagen.
Nein, so will ich nicht abtreten! Nicht, ohne es zumindest einmal, ein einziges Mal getan zu haben. Nehmen wir an, ich sitze da in der Ewigkeit und hab nichts Besonderes zu tun. Glaubst du, ich will die Zeit statt mit einer schönen Erinnerung mit Rätselraten herumbringen?
Sicher, ich könnte zu einer Prostituierten gehen, aber das zählt nicht. Könnte ja sein, dass was dran ist an Hölle und Paradies. Und nehmen wir an, ich habe mit meinen siebzehn Jahren noch nicht allzu viel verbockt. Nur mal so. Also, ich spaziere ins Paradies und sitze da mit einer Fälschung auf dem Gewissen. Womöglich wird man dafür bestraft. Wird einfach in die Abteilung versetzt, wo all die Huren rumsitzen und erzählen, was für einen tollen Fummel sie früher getragen haben. Und zwischendurch raunen sie sich zu, welche Sonderwünsche sie erfüllt haben. Das halte ich nicht aus. Aber weg kann man ja auch nicht, wenn man in der Ewigkeit sitzt.
Wenn es nach meinen Leberwerten geht, bleiben mir noch vierundzwanzig, vielleicht achtundvierzig Stunden. Der Arzt hat darauf bestanden, dass ich ins Krankenhaus gehe. Aber ich habe keine Lust, dem Tod entgegen zu dämmern. Nur noch ein paar Stunden. Kontaktanzeigen? So schnell ist nicht mal das Internet. Ich könnte ja meine Geschichte erzählen, auf Mitleid machen. Aber flennen? Am Ende rührt sich da unten gar nichts. Das wäre das Allerletzte: Außer als Jungfrau auch noch mit dem Stempel „impotent“ da oben aufzukreuzen. Mit siebzehn!

Jugend forscht. Damit hat alles begonnen.
Wir sitzen in der Recall-Bar, und Tim erzählt mir, dass der Erfinder des Herzkatheters das Ding zunächst bei sich selbst ausprobiert hätte. Eine abgefahrene Geschichte. Stopft sich einen Draht in die Vene und sieht sich in aller Ruhe auf einem Bildschirm an, wie das Ding in den Herzmuskel flutscht.

„So funktioniert das in der Medizingeschichte“, sagt er. „Nur wer etwas wagt, erreicht den großen Durchbruch.“
„Und was ist mit den Leuten, bei denen es nicht geklappt hat?“
„Man muss Opfer bringen“, sagt Tim. „Alles oder nichts.“
Und dann kommt er mit seinen Nanorobots und den radioaktiven Partikeln, die sie tragen sollen. „Ermöglicht eine völlig neue Röntgentechnik“, sagt er. Und dass wir dadurch berühmt würden. Die Wissenschaftswelt würde kopfstehen, weil ihr zwei Schüler zeigen, wo es langgeht. Da würden schon am nächsten Tag selbstverständlich die schönsten Frauen vor unserer Tür stehen. „Weil“, sagt Tim mit Verschwörerstimme, „es gibt so etwas wie Wissenschaftsgroupies. Die stehen voll auf Nerds, wie wir es sind. Die wollen dann, dass du mit ihnen völlig versaute Dinge machst.“
„Super“, sagte ich. „Aber wo willst du denn radioaktive Partikel herkriegen? Mal bei den Russen oder Amerikanern anfragen, ob sie noch ein paar Reste haben? Mit Besen und Schaufel in einem Atomkraftwerk einbrechen und sehen, was sich so zusammenfegen lässt?“
Er sagt kein Wort, sondern nickt zu den Leuten rüber, die an der Bar stehen. Am Kicker kreischen ein paar Mädchen, die wie irre an den Griffen kurbeln.
„Spione?“, flüstere ich. „Ist uns der Geheimdienst auf der Spur?"
Der Scherz kommt nicht an.
Tim zaubert aus seinem Rucksack ein Marmeladenglas hervor und deutet auf das Innere. Wenn man genau hinsieht, erkennt man ein Häufchen auf dem Boden. Nicht größer als ein Mückenschiss. Er sagt noch immer nichts, sondern zieht als Nächstes einen Geigerzähler aus dem Rucksack und hält ihn dagegen. Das Ding knattert los, dass einem angst und bange werden kann.
„Vom Flohmarkt vor der Nordmarkhalle“, sagt er.
Ich sehe ihn an.

„Ist in den Leuchtziffern alter Uhren“, sagt er. „Du kaufst einem Russen eine alte U-Boot-Uhr ab und schabst die Ziffern mit einer Rasierklinge runter.“
„Und die Nanorobots? Die gibt’s bei Aldi, was?“
„Maschinen, so groß wie Moleküle“, sagt Tim, und er gibt zu, dass sie tatsächlich nicht so leicht aufzutreiben seien.
Also hätte er sich was „Tolles“ ausgedacht. „Ist auch für die medikamentöse Massenproduktion geeignet“, sagt er. Beim Wort „Massenproduktion“ fällt mir sofort „Massenvernichtung“ ein.
Spätestens in diesem Augenblick hätte ich verschwinden sollen. Andererseits würde ich durch die neue Röntgentechnik den Schulabschluss mit einem Schlag in der Tasche haben. In Naturwissenschaften bin ich etwas schwach ... nun, einer der ersten Plätze bei „Jugend forscht“ würde alles auf den Kopf stellen. Da können sie es sich nicht leisten, dir den Schulabschluss zu verweigern. Können ja nicht alle Bauern werden im schönen Schleswig-Holstein.
„Dieser Preis ist der erste Schritt nach Stockholm“, sagt Tim, und ich verstehe schon wieder nicht.
„Was soll ich in Schweden?“
„Nobelpreis“, sagt er, und dass man dafür neben einer Menge Ruhm und Ehre auch ein hübsches Sümmchen bekäme. Er malt mir aus, dass wir sofort ein Labor in der Karibik oder in Südfrankreich einrichten könnten. Wo wir das dann machen, das sei ja uns überlassen.
„Was ist nun mit deiner 'tollen' Idee?“
Er hält eine Glaskugel hoch, in der angeblich etwas schwimmt. Mit einer Lupe entdecke ich ein paar lurchähnliche Wesen.
„Und?“
„Urtierchen“, sagt Tim. „Artemia salina. Ist ein Kinderspielzeug, kannst du im Internet bestellen. Die schicken dir kleine Eier, die setzt du aus, kippst eine Lösung hinein, und nach ein paar Tagen schlüpfen diese Minikrebse. War mal in einem Yps-Heft.“

„Was haben diese Tierchen …"
„Für ‚Jugend forscht' musst du schon mal nachdenken", sagt Tim und tippt sich an die Stirn. „Sie haben eine Eiweißhülle und … also, ich werde sie mit den radioaktiven Partikeln füttern und sie dann in deine Venen spritzen."
„In meine Venen? Vergiss es!"
„Keine Sorge, die sind empfindlich und sterben ab. Aber ihre Eiweißhülle sorgt dafür, dass sich alles gut in deinem Körper verteilt."
Ich schüttle den Kopf.
„Du gehst in die Medizingeschichte ein", sagt Tim. Er sollte recht behalten.

Chillen mit Sophie. Das Sofa ist plüschig, das Licht gedämmt und ich sitze am äußeren Rand. An die Lehne gepresst.
„Klar", sagt Sophie, als ich mal vorsichtig wegen Sex nachfrage. „Warum nicht?"
Das haut mich um.
„Im Ernst? Du würdest …?"
Nein, das hätte ich nicht tun sollen. Man fragt nicht nach Sex! Man berührt sich, küsst sich, gleitet mit der Hand unter den Pullover … das muss alles seinen normalen Verlauf nehmen. Dafür gibt es internationale Regeln. Und was mache ich? Fahre auf die Überholspur und crashe jede Romantik.
„Aber nicht aus Mitleid", sage ich.
„Nicht aus Mitleid", sagt sie. Sieht mich an, lächelt, fährt mit der Zungenspitze über ihre Oberlippe und sagt: „Aus Spaß!"
„Du bist noch nicht mal fünfzehn", sage ich.
„Ich hab es schon gemacht", protestiert sie.
Nein, das kommt im Himmel sicher nicht gut an. Verführung Minderjähriger! Die tackern mir da oben gleich eine Leuchtreklame an die Stirn. Und ich kann meine Ewigkeit mit Selbstgesprächen absitzen.
Sophie richtet sich auf meinem Sofa auf.
„Also, da war zunächst …"

„Schon gut, schon gut“, sage ich. „Wir reden ein anderes Mal darüber.“

Ich muss weiter. Die Zeit … Scheiße, meine Zeit verrinnt. Schleswiger Chaussee. Nein, ich gehe nicht in den Puff, sondern in eine Kneipe ein paar Straßen weiter. Da sitzen immer Frauen herum, von denen du besser die Finger lässt.
Sind schon ein bisschen älter, einige auf Drogen oder Alk. Hinter dem Tresen hängt eine verbeulte Kassette vom Sparclub. Doch hier sieht niemand so aus, als hätte er über die Jahre damit ein Vermögen gemacht.
„Sorgen, mein Kleiner?“, fragt eine rothaarige Frau am Tresen.
„Wenn das alles wäre“, sage ich.
Sie legt mir den Arm um den Hals und drückt meinen Kopf leicht nach unten. Ich starre in ihr Dekolleté und spüre die Lust. Sind ganz straff, ihre Brüste. Die Brustwarzen drücken sich wie Mensch-ärgere-dich-nicht-Hütchen durch die Bluse, und sie knabbert an meinem Ohrläppchen.
„Ich bin die Nicole, und ich kenn dich ja noch gar nicht.“
„Wirst nicht lange was von mir haben“, sage ich, und sie sagt: „Wir müssen ja nicht gleich heiraten.“
Ich erzähle ihr von meiner Krankheit, von den kleinen Urkrebsen und den strahlenden Partikeln in meinem Körper.
Sie inhaliert zischend den Rauch ihrer Zigarette und greift mir in den Schritt.
„Ist wohl so eine Art Atomrakete, was? Ansteckend?“
„Auf keinen Fall“, sage ich. Aber ganz sicher bin ich mir natürlich nicht. Könnte ja sein, dass sich ein paar dieser versifften Urtierchen mit meinem Samen rüberschießen lassen. Sind am Ende noch vergnügungssüchtig, diese Viecher.
„Noch was“, sagt Nicole. „Also ich bin schon ansteckend, das musst du wissen.“
„Nicht weiter schlimm“, sage ich.
„Aids“, sagt sie.
Scheiße, das geht nicht. Wenn die Pathologen meinen Körper

aufschnippeln und schon ein paar radioaktiv verseuchte Urtierchen-Leichen finden, wie sollen sie sich einen Reim auf die Aids-Viren machen? Ich meine, das kann ich meiner Familie nicht antun. Die halten mich alle für verklemmt, und dann stellt sich raus … nein, das geht einfach nicht.
Nicole nimmt meine Hände und legt sie auf ihre Brüste. Ich spüre ihre harten Nippel.
„Ich habe Angst“, sagt sie.

Dann treffe ich Aisha. Sitzt an einem Tisch im Restaurant Hauptwache und knabbert an ihrer Pizza. Sie sieht mein Gesicht und sagt: „Scheiße.“
Dabei hab ich noch kein Wort gesagt.
„Scheiße, ich habe zwei Brüder und einen Vater“, sagt sie.
„Sag nicht immer ‚Scheiße‘“, sage ich.
„Die sind dabei, mich an einen Bauern zu verschachern“, sagt sie. „Natürlich jungfräulich.“
„Ist das wichtig?“, sage ich und verkneife es mir, auf die Uhr zu sehen. Es geht mir nicht gut. Schwindel, Schweißausbrüche. Auch meine Beine wippen ständig.
„Und ohne Jungfräulichkeit?“, sage ich so ganz nebenbei und merke plötzlich: Das ist die Idee!
„Einmal mit jemandem in die Kiste und Bauer ade“, sagt Aisha. „Ohne Jungfernhäutchen bin ich frei.“
Nein, das kann ich nun wirklich nicht abschlagen. Ich habe den ersten Sex meines Lebens und befreie ganz nebenbei eine scharfe türkische Braut aus den Fängen ihrer etwas rückständigen Familie.
„Geht nicht“, sagt sie. „Meine Brüder … die schlagen dich tot. Müssen sie. Wegen der Familienehre und so. Ich komme aus so einer Ultra-Familie.“
„Man muss es ihnen nicht unbedingt auf die Nase binden.“
„Aber dann bringt es nichts, dann halten sie mich weiter für eine gut verschacherbare Jungfrau … Warum lächelst du?“
Ich erzähle ihr, dass es mir vollkommen egal ist, ob sie mich

totschlagen wollen, weil ich dann schon längst tot bin. Ein Todgeweihter, der keine Angst vor Brüdern und Vätern hat. Ich hab nur keine Lust, da oben im Himmel als Jungfrau aufzulaufen.

Wir sind gleich los zur Gartenlaube meiner Eltern. Liegt unten am Kanal. Den Schlüssel hab ich seit Tagen immer bei mir.
Wir trinken vorher noch etwas in den Brückenterrassen. Vor uns zieht ein Frachter vorbei. Die Nationalhymne wird über einen scheppernden Lautsprecher abgedudelt, und dann erzählt einer der pensionierten Kapitäne, die hier die Schiffsbegrüßungsanlage betreiben, wie alt und wie groß das Schiff ist. Und das es Nordlicht heißt.
Irgendwie erinnert mich der verrostete Kahn an mein Leben. Eben noch mit Hurra, Taufe und allem Drum und Dran auf der Erde begrüßt, tuckert das Leben vorbei – und schon ist Schluss mit dem Fest. Und alles nur wegen dieser beschissenen Idee, bei „Jugend forscht“ mitzumachen. Ist ja kein Wunder, dass die Natur sich rächt. Diese Urkrebse sind eigentlich längst ausgestorben. Oben von der Hochbrücke sehe ich Charles Darwin winken. Sieht von hier unten so aus, als würde er sich totlachen.
Aisha zupft mich am Ärmel, und wir brechen zu unserer Laube auf. Ist für meinen Vater eher so was wie eine Fluchthütte, um meiner Mutter zu entkommen. Ich war ewig nicht hier.
Und dann passiert es. Aisha ist unglaublich zärtlich und geschickt. Und ich bin aufgeregt und auch wieder ganz ruhig, und dann verlässt mich die Angst, und meine Fingerspitzen erkunden jedes Härchen an ihrem Körper und umkreisen ihre Brustwarzen. Es dauert Stunden. Zwischendurch rauchen wir Zigaretten, und dann sind wir beide sogar zweimal keine Jungfrau mehr, und der Tod ist mir egal. Aber dann macht er mir furchtbare Angst, denn nun will ich leben. Unbedingt.
Als ich Aisha die Geschichte mit den radioaktiven Tierchen erzähle, fängt sie leise an zu weinen.

„Warum hattest du dein verdammtes Handy ausgeschaltet", brüllt mir Tim ins Ohr. „Warum, warum, warum?"
„Alles in Ordnung", sage ich. „Niemand sagt mir, dass ich meine letzten Stunden mit Telefonieren verbringen muss."
„Nichts ist in Ordnung", sagt Tim. „Dieses beknackte ‚Jugend forscht'. Mann, ich hab schon gedacht, ich hab dich auf dem Gewissen."
„Natürlich hast du mich auf dem Gewissen, deine verseuchten Urtierchen. Ich habe keine Lust zu krepieren, verstehst du? Ich will es nicht."
„Cool blieben, Dicker", sagt er. „War alles eine Finte. Ich habe dir keine Urtierchen in die Venen gespritzt – und schon gar nichts Verstrahltes. Nur eine Kochsalzlösung. Total unschädlich. Es ging um etwas ganz Anderes."
„Was?"
„Echt, Alter. Vertrau mir. Es geht weiter."
„Ich muss nicht sterben?"
„Unsinn, du wirst berühmt."
„Danke."
„Wir haben bewiesen, dass die Psyche den Körper beeinflussen kann", sagt er.
„Ich habe Leberwerte, die jede Skala sprengen", sage ich. „Ich habe gelbe Augen und einen geschwollenen Bauch. Ich schwitze, und mir ist schwindlig. Mein Hausarzt ist völlig verzweifelt. Im Krankenhaus komme ich sofort auf die Intensivstation. Und du redest von Psyche?"
„Eben", sagt Tim, „allein die Psyche kann deine Leberwerte in die Höhe jagen. Darum geht's: ‚Bewiesener Placeboeffekt auf die Leber'."
Ich lass ihn mit seinen Erklärungen allein und lege auf. Ich werde also nicht sterben, ich werde leben. Ich werde leben!
Das Telefon klingelt. Aisha.
„Das wird für mich immer die wundervollste Nacht meines Lebens bleiben", sagt sie. Und weint. Und ich weine. Und

will ihr erklären, dass es auf keinen Fall die letzte Nacht bleiben darf.
„Wir werden eine Menge Spaß haben", sage ich. „Als Erstes machen wir ein nächtliches Picknick auf dem Gelände der NordArt. Zwischen all den Kunstwerken, und dann schleichen wir auf eine Party. Oben im neuen Käte-Ahlmann-Haus. Ich hab schon eine Idee, wie wir da reinkommen. Ich gebe mich als isländischer Künstler aus und erkläre das Trinken und Fressen zu einer schrägen Kunstperformance, bei der mich jeder Anwesende füttern muss. Du filmst das Ganze, und vielleicht machen wir damit etwas Geld bei Youtube."
Aisha schüttelt den Kopf.

„Meine Brüder", sagt sie. „Ich habe es ihnen erzählt. Sie wollen sich rächen."
„Was?", sage ich und will ihr sagen, dass ich weiterleben darf, dass ich alle Zeit der Welt habe und eine Zukunft. Und dass wir es ihren Brüdern erklären müssen.
„Sie sind auf dem Weg", sagt sie. „Verschwinde, hau da ab!"
Und dann höre ich es. Direkt vor meiner Tür. Ein Flüstern, ein Schaben, das Knarren der Dielen. Das dumpfe Geräusch eines Baseball-Schlägers, der in froher Erwartung in die Innenfläche einer Hand geschlagen wird.
Es sind genau die Geräusche, die zwei Menschen machen, wenn sie keine Geräusche machen wollen.
Und dann fällt mir wieder das Schiff ein. Die Nordlicht, die langsam vorbeigleitet und nach wenigen Minuten für immer in der Ferne verschwindet.

Travemünde:

Anke Gebert

SIE. UND ER. IN TRAVEMÜNDE.

Er

Er stand in der Tür und sah ihr nach, als sie die Treppen hinunterging. Wie immer. Nachdem sie ihm im Türrahmen einen flüchtigen Kuss gegeben hatte, drehte sie sich nach ein paar Stufen immer noch einmal um und hob lächelnd die Hand zum Abschied, bevor sie verschwand. Aus seiner Wohnung, dem Mietshaus, in dem er lebte. Und aus Travemünde. Bis zum nächsten Mal, was er nach jedem Treffen hoffte.
Oftmals rief sie ihn noch einmal an, wenn sie am Bahnhof Skandinavienkai auf den Zug nach Lübeck wartete. Über ihr Handy mit unterdrückter Nummer. Um ihm zu sagen, dass es schön bei ihm gewesen war. Wieder einmal.
Er hörte dann den Zug, der vom Strandbahnhof kommend einfuhr, dessen Quietschen der Bremsen. Spätestens bevor sie einstieg, beendete sie das Telefonat, damit niemand zuhören konnte. Manchmal lachte sie ins Telefon und meinte, sie habe den Eindruck, manche Fahrgäste sähen ihr bestimmt an, was sie vor weniger als einer Stunde noch getan hatte. Bevor sie auflegte, sagte sie, dass sie sich wieder bei ihm melden würde. Wie immer.

Er hielt dann noch eine Weile das Telefon ans Ohr. Mit der Stille setzte seine Beunruhigung ein. Er konnte niemals sicher sein, dass sie sich wieder bei ihm melden würde. Wann sie sich melden würde. Es lag nicht in seiner Hand.
Sie entschied.
Er hoffte.

Sie

Während sie sich einen freien Platz in den nur zwei Waggons des stündlich von Travemünde nach Lübeck fahrenden Zuges suchte, fragte sie sich, weshalb sie nicht länger geblieben war. Bei ihm. Sie setzte ihre Sonnenbrille auf und schaute in die Gesichter der Fahrgäste, in der Hoffnung, dass kein bekanntes darunter war. Niemand, der von Lübeck aus einen Tagesausflug an den Strand gemacht hatte und sie erkennen könnte. Für den Fall, dass das passierte, hatte sie eine Ausrede parat. Wie die meisten Menschen, wäre sie an die Ostsee gefahren, um mal weg vom Alltag durchzuatmen. Niemand würde darauf kommen, was sie tatsächlich im schönen Travemünde tat, auch wenn ihre etwas aufreizende Kleidung, ihre hohen Schuhe und die Ausstrahlung, die man vielleicht hat, nachdem man getan hatte, was sie getan hatte, einen Moment lang irritieren könnten. Doch auch heute saßen nur ihr unbekannte Menschen im Zug. Pendler, die in Travemünde jobbten, Tagesgäste und abreisende Urlauber, die mit dem Gepäck, das sie bei sich hatten, beschäftigt waren.
Noch bevor der Zug Kücknitz erreichte, würde sie am liebsten umkehren. Zu ihm. Oder bereits morgen erneut zu ihm fahren. Sie wusste inzwischen, dass diese Sehnsucht schnell nachließ. Dass das Verlangen nach ihm stündlich geringer wurde, wenn sie es nicht mit Gedanken an ihn befeuerte. Wenn sie ihn nicht anrief, um seine Stimme und diese wunderschönen Sätze nochmals zu hören, die er ihr sagte, nachdem sie bei ihm gewesen war.

Sie zehrte von diesen Treffen. Sie hatte das Gefühl, in Lübeck aufrechter aus dem Zug auszusteigen, als sie Stunden zuvor eingestiegen war, seit sie sich mit ihm traf. Benutzte sie ihn? Diese Frage wollte sie sich nicht stellen. Ihm gefiel es doch auch, wenn sie zu ihm in die Wohnung kam. Manchmal stellte sie sich vor, dass sie gemeinsam mit ihm das Haus verließ. Dass sie unbeschwert durch die Vorderreihe schlenderten und bei Niederegger draußen in der Sonne sitzend Kaffee tranken und Marzipantorte aßen. Oder dass sie bei Fisherman zu Abend speisten und zu viel Wein tranken, bevor sie zurück in seine Wohnung gingen, und sie dort – oder sogar im Hotel Maritim – gemeinsam die Nacht verbrachten.
Doch sie war noch nie über Nacht bei ihm geblieben, denn das durfte sie genauso wenig, wie sich draußen mit ihm zeigen.
Sie kam immer nur für ein paar Stunden am Tag. Manchmal stellte sie sich vor, dass sie bei ihm klingelte, er die Tür öffnete, sie eintrat und sie sich wie immer etwas befangen und flüchtig auf den Mund küssten. Dass er ihr den Mantel abnahm und sie voraus in sein Wohnzimmer ging, wo er bereits zwei Gläser Whiskey bereitgestellt hatte, den sie gleich austranken. Sie tranken immer Whiskey, wenn sie bei ihm war. Bis die Befangenheit schwand. Danach taten sie endlich, was sie ebenfalls immer taten. Das, weshalb sie gekommen war. Das, weshalb er hoffte, dass sie bald wieder zu ihm käme. Neuerdings stellte sie sich vor, dass er sie bei Eintritt in seine Wohnung sofort an sich zog. Dass sie sich noch im Flur küssend entkleideten, als könnten sie es nicht erwarten. Sie konnten es nicht erwarten. Er hob sie an. Sie umschloss mit ihren Schenkeln seine Lenden. Irgendwann ließen sie sich auf den harten Fußboden sinken.
Sie würde sich erst auf dem Heimweg überlegen, wie sie ihrem Mann die blauen Flecken an ihrem Körper erklären sollte.

Er

Als sie nach dem nächsten Treffen im Begriff war, zu gehen, tat er etwas, das er nicht hätte tun sollen.

Er hielt sie beim Abschied fest. Und er sagte: „Bleib bei mir."

Sie machte sich von ihm los und blickte ihn an, als wäre er ein Fremder. Sie vergaß den flüchtigen Kuss, den sie ihm ansonsten immer gab und sah sich auf der Treppe nicht noch einmal zu ihm um.

Erst lange, nachdem er die Haustür ins Schloss hatte fallen hören, drückte er seine Wohnungstür im obersten Stockwerk zu. Drinnen umfing ihn die Stille, noch während er im Flur stand. Er trat ans Fenster seines Wohnzimmers und blickte hinüber zum Skandinavienkai, wo gerade ein Schiff der TT-Line ablegte. Wie häufig hatte er sich schon vorgestellt, mit ihr eine Kurzkreuzfahrt nach Trelleborg oder mit der Finnlines nach Malmö oder Helsinki zu machen. Sie und er auf Reisen, mit einem Schiff ab Travemünde, in einer Kabine.

Er wartete auf ihren Anruf vom Bahnhof. Doch sie rief heute zum ersten Mal nicht an. Eine große Seemöwe segelte steil auf sein Fenster zu. Er wich zurück. Er begann, in seiner Wohnung nach etwas zu suchen, das ihn an sie erinnerte. Er fand ihren Geruch in seinem Duschhandtuch. Er putzte sich die Zähne mit der Bürste, die auch sie benutzt hatte.

Es tröstete ihn nicht.

Seine Putzfrau war es, die ihm Tage später kommentarlos einen Ohrring auf dem Schreibtisch hinterlegte. Einen Ohrring, der IHR gehörte. Er schloss immer wieder seine Hand um ihn. Hielt ihn in seiner Faust, als könne er SIE so festhalten. Er steckte den Ohrring in seine Hosentasche und trug ihn bei sich, so wie er sie gern immer bei sich hätte.

Sie

Stunden und auch noch Tage, nachdem sie bei ihm in Travemünde gewesen war, fühlte sie manchmal dem nach, wie sie diesmal miteinander geschlafen hatten. Dazu rief sie in ihren

Gedanken alle Einzelheiten herauf und spielte die erregendsten Momente in ihrer Fantasie nach. Sie wiederholte die zärtliche Worte, die er ihr gesagt hatte, die ihr schmeichelten. Und manchmal auch die schmutzigen, die ihr ebenfalls schmeichelten. Doch nach dem letzten Mal verbat sie sich dies. So würde all das schneller in Vergessenheit geraten.
Auch er.
Sie wollte ihn ab jetzt nicht mehr treffen.
Und dabei hatte ihr ausgerechnet das letzte Mal besonders gefallen. Wie all die anderen Male auch besonders waren.
Bis er beim Abschied sagte: „Bleib bei mir."
Sie hätte vorgewarnt sein müssen, denn als sich zuvor ihre schweißnassen Körper voneinander lösten, hatte er noch etwas gesagt, das ihr missfiel. Er hatte Danke gesagt. Danke … Dabei hatte er sich angehört, als sei er traurig. Oder gerührt. Irgendetwas, das sie keinesfalls wollte. „Danke, dass du zu mir kommst. Danke, dass du bei mir bist …" Irgend so etwas.
Sie hatte zu frieren begonnen, obwohl die Sonne, die an diesem Tag durch das Dachfenster schien, das Zimmer stark aufgeheizt hatte.
Sie hatte sich angezogen und irgendeinen Vorwand vorgebracht, weshalb sie eher als sonst gehen müsse. Sie hatte vergessen, ihn zum Abschied zu küssen. Nachdem sie eine Fahrkarte am Automaten gelöst hatte, hatte sie noch fast eine halbe Stunde Zeit, bis der nächste Zug nach Lübeck fuhr. Wie oft war sie andere Male hierher geeilt, um noch den passenden Zug zu erreichen, nachdem sie bis auf die letzte Minute die Zeit mit ihm hatte verbringen wollen. An diesem Tag stand sie nun hier und konnte kaum erwarten, wegzukommen. Wie aus alter Gewohnheit holte sie ihr Handy hervor, wählte seine Telefonnummer, die sie auswendig kannte, und unterbrach das Ganze, bevor sie die letzte Ziffer eingegeben hatte.
Danke, damit war es für sie vorbei.
Sie würde vielleicht einen anderen Mann finden, der sie hoffentlich genauso gut liebte wie er. Es musste ja nicht in Trave-

münde sein. Das hatte ein Zufall so ergeben und sich später als günstig erwiesen.

Sie war eines Tages aus Lübeck hierher gefahren, um vom Alltag durchzuatmen. Sie war gedankenverloren am Strand spazieren gegangen und hatte später an der hübschen Strandoase ein Glas eiskalten Weißwein getrunken und die Abendsonne, die rot über die Ostsee schien, genossen. Wieder einmal kam es ihr bereits am Ende dieses einen Tages am Meer so vor, als hätte sie bereits drei Tage Abstand vom Alltag.

Irgendwann bemerkte sie seinen Blick. Er war ihr bereits aufgefallen, als er sich nur zwei Tische von ihr entfernt hinsetzte. Später gestand er ihr, dass er nur etwas an der Strandoase zu trinken bestellte, weil er sie dort sitzen gesehen hatte. Sie weiß bis heute nicht, was in sie gefahren war, als sie seinen Blick erwiderte. Er lächelte. Schüchtern. Erhob sich schließlich und fragte, ob er ihr Gesellschaft leisten dürfe. Sie ließ den Zug abfahren, den sie eigentlich hatte nehmen wollen. Danach einen weiteren.

Vorm Columbia Hotel brannten Fackeln, als er sie zum letzten Zug brachte. Die Uhr am Strandbahnhof zeigte, wann er fuhr: 23:34 Uhr. Sie beschloss, sich auf der Rückfahrt zu überlegen, wie sie ihrem Mann erklären würde, weshalb sie so spät käme. Dafür hatte sie während der Fahrt zwanzig Minuten Zeit. Als sie am Automaten ihre Fahrkarte löste, stand der fremde Mann dicht neben ihr. Sie bemerkte, dass ihre Hände zitterten. Noch acht Minuten, bis der Zug kam, der sie zurück nach Hause brachte.

Sie standen unschlüssig auf dem Bahnsteig herum, dicht beieinander. Sie war der einzige Mensch, der in dieser Nacht noch Travemünde vom Strandbahnhof aus verlassen wollte.

Er griff nach ihrer Hand und schrieb mit einem Stift seine Telefonnummer in ihre Handinnenfläche. Jetzt zitterte sie am ganzen Körper.

Nachdem sie im leeren Zugabteil Platz genommen hatte, blickte sie nicht noch einmal zu ihm. Erst kurz vor Kücknitz öffnete

sie die Faust und las immer wieder die Nummer. In Dänischburg stiegen Leute ein, die vielleicht bis spät bei Ikea gearbeitet hatten. Sie schloss die Faust. Auf dem Lübecker Hauptbahnhof griff sie sich aus einer Ablage ein Informationsblatt, nahm einen Kugelschreiber aus ihrer Handtasche und schrieb die Telefonnummer auf Papier, aus Sorge, dass sie in ihrer Hand verloren ginge. Aus Sorge, dass ihr Mann sie entdecken würde, wenn sie gleich zu ihm und ihrem Kind nach Hause käme.
Eine Woche später rief sie ihn in Travemünde an. Mit unterdrückter Nummer. Er nannte seine Adresse. Sie fuhr am nächsten Tag zu ihm. Das war nun inzwischen fast ein Jahr her. Sie hat die Male nicht gezählt, die sie bei ihm war. Zwanzig Mal, dreißig Mal?
Jetzt hatte er „Danke" gesagt und „Bleib bei mir".
Danke, damit war es vorbei für sie.
Dann fiel ihr jedoch auf, dass sie einen ihrer wertvollen Ohrringe vermisste. Sie beschloss zunächst, dass sie ihn nicht zurückfordern würde, denn sie wollte nicht noch einmal zu ihm nach Travemünde fahren. Doch ihr Mann hatte ihr den Schmuck irgendwann einmal zum Geburtstag geschenkt. Sie liebte die Ohrringe. Sie liebte ihren Mann.
Also entschied sie sich schließlich, noch einmal, noch ein einziges Mal, ein Treffen mit dem Mann zu vereinbaren und rief in an. Sie tat so, als ginge es nicht um den liegengelassenen Schmuck, sondern um ein weiteres Wiedersehen. Obwohl er wie immer gelassen tat, hörte sie während ihres Telefonats heraus, wie glücklich er darüber war, dass sie sich endlich meldete, dass er sie endlich wiedersehen würde.
Er sagte Danke, bevor sie auflegte. Sie fror.

Er

Er konnte diesen Zustand nicht länger ertragen. Dieses Warten, dass sie anrief. Diese Besorgnis, dass sie es nie wieder tun würde. Diese Befürchtung, dass er sie niemals wiedersah. Er war ihr bereits nach einem der ersten Treffen in seiner

Wohnung mal heimlich gefolgt. Noch als sie auf dem Weg zum Travemünder Bahnhof am Skandinavienkai gewesen war, war er in sein Auto geeilt und zum Lübecker Hauptbahnhof gefahren. Dort hatte er sie herauskommen und zu Fuß in Richtung Altstadt gehen sehen. Von seinem Auto aus hatte er durch das Fenster ihrer beleuchteten Wohnung sehen können, wie sie ihren Mann zur Begrüßung küsste. Und das Kind.

Jetzt goss er sich ein Glas des Whiskeys ein, den er eigentlich mit ihr trinken wollte, wenn sie endlich wiederkäme. Wieder einmal spielte er alle Möglichkeiten durch, um sie für immer für sich zu gewinnen. Er könnte ihren Ehemann aufsuchen und ihm die Affäre mit seiner Frau offenbaren. Er überlegte auch, sie damit zu erpressen, dass er dies tun könnte. Damit sie für immer bei ihm blieb. Oder sich wenigstens gezwungen fühlte, weiterhin regelmäßig zu ihm zu kommen.

Ihm wurde klar, was er auch tat, er würde sie eines Tages verlieren.

Also beschloss er nach dem dritten Glas Whiskey, sie das nächste Mal nicht wieder gehen zu lassen.

Er hatte noch zwei Tage Zeit, bis sie in seine Wohnung in Travemünde kam. Kamen ihm sonst zwei Tage bis zum Wiedersehen unendlich lang vor, befiel ihn heute die Sorge, die Zeit könnte für seine Vorbereitungen nicht ausreichen.

Er musste noch IHR Zimmer herrichten. Schallisolieren, Fenster abkleben. Dafür musste er Material einkaufen. Nicht in Travemünde, denn hier kannten ihn viele und könnten sich darüber wundern, was er vorhatte. Außerdem fiel ihm gar kein Laden ein, wo er solche Materialien kaufen könnte. Also fuhr er zum Hagebau-Markt nach Lübeck. Dort ließ er sich auch beraten, was er tun könnte, damit eine Tür nur von außen zu öffnen ist. Er kaufte Schüsseln, Eimer. Er kümmerte sich um alles, was sie benötigen würde. Sie sollte es gut bei ihm haben, wie all die anderen Male auch.

Für immer.

Sie

Es gelang ihr dieses Mal nicht, sich in die freudige Erregung zu versetzen, die sie sonst immer empfunden hatte, kurz bevor sie ihn traf. Es beunruhigte sie sogar, dass sie mit ihm würde schlafen müssen, damit ihm nicht auffiel, dass sie nur wegen des Ohrrings kam. Nur noch dieses eine Mal. Das letzte Mal. Irgendetwas beunruhigte sie noch. Sie wusste nicht, was es sein könnte.

Er

Jedes Mal, wenn sie zu ihm kam, hatte er sich gewünscht, dass sie, sobald sie seine Wohnung betreten hatte, miteinander schliefen. Dass er ihr bereits im Flur den Mantel auszog, die übrigen Sachen. Er hatte es nie gewagt zu tun. Sie waren immer erst ins Wohnungsinnere gegangen, hatten miteinander Belangloses geredet, niemals Persönliches – und solange Whiskey getrunken, bis die Befangenheit zwischen ihnen schwand. So hatten sie wertvolle Zeit verloren.
Dieses Mal würde es anders sein.
Wenn sie dann später fragte, wo denn sein Bett geblieben sei, dann würde er sie in das Zimmer führen, in dem es jetzt stand. Es war sein Bett. Es war ihr Bett. Ihr gemeinsames Bett. Er würde sich jede Nacht zu ihr legen. Und auch manchmal tagsüber. Im schalldichten Raum.

Sie

Zögernd stieg sie die Stufen zu seiner Wohnung hinauf. Das Einzige, was ihr jetzt mit ihm noch Lust bereiten könnte, wäre, dass er sie überraschte. Dass er sie bereits im Flur an sich zog, dass er es wagte, bevor sie sich überhaupt begrüßt hatten.
Sie klingelte.
Er öffnete die Tür.
Sie betrat den Flur, blieb dort stehen. Er schloss die Tür hinter ihr. Küsste sie flüchtig auf den Mund.
Sie machte den ersten Schritt in Richtung Wohnzimmer.

Er hielt sie zurück.
Und überraschte sie.
Danach fragte sie sich, ob sie doch wieder regelmäßig zu ihm nach Travemünde fahren sollte.

Er und sie
Als wäre nichts Außergewöhnliches geschehen, goss er Whiskey ein. Dabei lächelte er vor sich hin. Auch sie lächelte, als sie sich sein herumliegendes T-Shirt überzog. Er reichte ihr ein Glas und blickte ihr dabei in die Augen, wieder einmal fasziniert, dass ihre Pupillen danach immer dunkler waren.
Sie stieß ihr Glas gegen das seine. Dabei zitterte sie immer noch. Verlegen wandte sie sich ab und schaute sich im Zimmer um.
„Wo ist denn dein Bett geblieben?“, fragte sie irritiert.
„Ich habe umgeräumt“, antwortete er und wies mit dem Kopf in Richtung des angrenzenden Raumes. Sie ging darauf zu.
Er folgte ihr.
Fast ging es ihm jetzt alles zu schnell.
„Warte“, sagte er. „Trink noch was!“
Sie öffnete die Tür.
Trat ein.
Sah sich fragend zu ihm um.
Doch da hatte er bereits die Tür hinter ihr geschlossen.

Wilhelmshaven:

Jürgen Ehlers

STURZ VON DER BRÜCKE

Der Polizist behauptet, das Wahrzeichen von Wilhelmshaven sei der Schlick. So ein Unsinn. Der Mann kommt nicht von hier, das merkt man sofort. Der hat keine Ahnung. Unser Wahrzeichen ist nämlich die Kaiser-Wilhelm-Brücke. Und von dieser Brücke ist die Nicole letzte Nacht ins Wasser gestürzt. Und ich habe sie nicht retten können. Deshalb sitze ich jetzt hier. Ich bin hingerannt, so schnell ich nur konnte, als ich glaubte, ihre zarte Gestalt zu sehen. Leicht schwankend stand sie da, an das Geländer gelehnt, und dann plötzlich …
Und jetzt fragt er mich nach Peter Stolley. Nein, ich weiß nicht, wo sich Peter Stolley zurzeit aufhält. Ich schwöre es. Und selbst wenn ich es wüsste, kann er doch wohl nicht glauben, dass ich ihm das verraten würde, denn Peter und ich, wir sind doch schließlich Freunde. Da hilft man sich gegenseitig, so gut man kann.
Aber dieser Polizist ist stur. Geschlagene zwei Stunden sitzen wir hier nun schon zusammen, und ich erzähle zum dritten Mal, wie sich alles abgespielt hat.

„Also – der Stolley hat Sie gestern in der Firma angerufen und gesagt, Sie sollten sofort nach Wilhelmshaven kommen?"
Sie sind zu zweit. Der, der die Fragen stellt, heißt Holzmaier. Kommissar Holzmaier wahrscheinlich. Er ist etwas korpulent, sitzt offenbar zu viel am Schreibtisch, typischer Beamter.
„Ja", sage ich. Ich wiederhole noch einmal in aller Ausführlichkeit, wie sich die Dinge abgespielt haben. Zum Mitschreiben, sozusagen. Und der andere Polizist macht sich tatsächlich Notizen, während Holzmaier sich zurücklehnt, die Beine übereinander schlägt und mich anstarrt.
Peter Stolley, den kenne ich aus der Schule. Eine Zeit lang waren wir geradezu unzertrennlich. Später haben wir uns seltener gesehen, aber nie ganz aus den Augen verloren. Ich bin Tischler geworden, und Stolley hat heute eine gut gehende Kneipe hier in Wilhelmshaven, fast in der Innenstadt.
„Einen Puff!" hakt der Dünne nach, der das Protokoll schreibt. Er heißt Mühlhaus oder Mühlheim. Ich habe seinen Namen nicht ganz richtig verstanden. „Im Rotlichtbezirk."
Ich zucke mit den Schultern.
„Beschreiben Sie einmal Ihr Verhältnis zu Peter Stolley."
Da gibt es nicht viel zu beschreiben. Wir sind Freunde. Und auch nach der Schule, als ich aus Wilhelmshaven weggezogen bin, haben wir immer Kontakt gehalten. Natürlich stimmt es, dass Stolleys Kneipe so eine Art Vergnügungslokal ist, wenn auch eher für Eingeweihte, nicht irgend so ein Touristenschuppen. Und wenn da jemand strippt oder so, dann dezent im Hinterzimmer, wo sie auch diese Spiele machen. „Ich hab' das alles ja nur ein- oder zweimal gesehen. ‚Das ist nichts für dich', hat Peter gesagt, und wir haben unser Bier vorn getrunken, wo nicht so viel Trubel war."
„Und in diesem Etablissement haben Sie dann auch die verstorbene Nicole Petersen kennengelernt."
Ja, habe ich. Peter war stolz auf die Frau. Natürlich waren sie nicht richtig verheiratet, er hält nicht viel von solchen Formalitäten, aber in der Sache machte das keinen Unterschied. Das

war seine Nicole, fand er, und sie war – weiß Gott – eine attraktive Frau. Mehr als einmal hatte Peter einen seiner Kunden an die Luft setzen müssen, der versucht hatte, sich an Nicole ranzumachen. Sie hat immer nur gelacht darüber, aber er konnte dann richtig wütend werden. Das letzte Mal hatte am Ende der Notarzt kommen müssen und den Typ vom Bordstein einsammeln. Es hatte sogar eine Anzeige gegeben danach, und Peter hatte überraschend Schwierigkeiten damit, Entlastungszeugen zu finden. Der andere sei ein bekannter Drogendealer, hieß es. Der Fall war noch offen.
„Sie treffen ihren Freund Stolley regelmäßig?"
Was heißt regelmäßig? Ich habe Zeit, bin nicht verheiratet, die Abende sind lang, und da kommt es schon mal vor, dass ich nach Wilhelmshaven rüberfahre und mich in die Kneipe setze. Mal treffe ich Peter und mal nicht. Ich bin auch schon in seinem Lokal gewesen, wenn Peter nicht da war. Einige Male in letzter Zeit. Peter hat schließlich nicht nur die Kneipe, sondern kümmert sich auch noch um andere Geschäfte. ‚Big Pete', so nennen ihn die Eingeweihten – nicht nur wegen seines Körperumfangs.
„Sie waren also nicht überrascht, als Stolley Sie in der Firma anrief und Ihnen sein Ansinnen vortrug?"
Nein, nicht wirklich. Ich hatte gewusst, dass Nicole noch mal nach Wilhelmshaven fahren wollte. Es hatte ein bisschen Zoff gegeben in letzter Zeit, sie hatte sich von ihrem Peter getrennt, aber nun wollten sie sich mal in Ruhe aussprechen und miteinander versöhnen. Ich hatte gleich das Gefühl, dass das keine besonders gute Idee war. Und mit der Versöhnung hat es dann ja auch nicht so richtig geklappt. Nicole hat aber nicht auf mich gehört. Sie hat Tschüs gesagt, ihre Sachen ins Auto gepackt und ist losgefahren.
„Und als ‚Big Pete' Sie dann anrief, da haben Sie gesagt: ‚Ja, natürlich, ich komme', und sind gleich losgedüst?"
Ich höre den Spott in der Stimme des Dünnen. Aber dieser verknöcherte Typ hat ja keine Ahnung davon, was das heißt:

Freundschaft. Als Peter angerufen hat, habe ich gemerkt, dass er völlig verzweifelt ist, völlig außer sich, und dass er Hilfe braucht. Da habe ich mir den Nachmittag frei genommen. – Dass ich jetzt, heute, immer noch hier in Schlicktown festsitze und diese dämlichen Fragen beantworten muss, das stinkt mir schon ein bisschen. Aber davon sage ich jetzt wohl besser nichts.

Stattdessen erzähle ich noch einmal, wie sich alles abgespielt hat. Die wesentlichen Grundzüge jedenfalls; schließlich habe ich das meiste schon mehrfach gesagt. Als ich hier in Wilhelmshaven ankomme, ist es schon dunkel. Und Peter ist allein. Geht im Wohnzimmer auf und ab und raucht. Nicht die erste Zigarre; der Aschenbecher quillt über, und die Luft ist ganz blau. Und ich sehe auch, dass Peter völlig verzweifelt ist.

„Wo ist sie?" frage ich.

„Und dann?"

Diese Polizisten sind einfach zu ungeduldig. Aber ich lasse mich nicht aus der Ruhe bringen. „Wo ist sie?" frage ich also, und Peter zuckt mit den Schultern. „Keine Ahnung." – „Zur Brücke", sage ich schließlich. „Vielleicht ist sie zur Kaiser-Wilhelm-Brücke." – „Ja, vielleicht."

Auf der Kaiser-Wilhelm-Brücke haben sie sich zum ersten Mal geküsst. Aber das ist lange her. Nach Peters Worten haben sie sich wieder gestritten, und Nicole ist aus dem Haus gerannt. Und jetzt weiß er nicht mehr, was er tun soll. Also nichts wie 'rein ins Auto und los. Da vorn ist schon die Brücke. Wir parken unseren Wagen am Straßenrand und laufen los.

Der Sturm bläst uns ins Gesicht, und es ist entsetzlich kalt. Im Binnenland merkt man das nicht so. Ich fluche, dass ich keinen Schal umgebunden oder wenigstens Handschuhe mitgenommen habe, so wie Peter. Wir arbeiten uns gegen den Sturm bis zur Brücke vor. Niemand zu sehen. Nicole? Rufen wäre sinnlos. Irgendwo schreit eine Möwe.

Ich weiß nicht, ob Sie Wilhelmshaven kennen. Vielleicht ist es besser, wenn ich Ihnen die Örtlichkeit ein wenig beschreibe.

Die Kaiser-Wilhelm-Brücke. Wenn Sie zum Südstrand wollen oder zum Marinemuseum, dann müssen Sie über diese Brücke. 1907 fertiggestellt. Damals war sie die größte Drehbrücke in ganz Europa. 159 m lang. 2012 ist sie renoviert worden. Die Beleuchtung ist jetzt völlig neu gestaltet, und das alte Geländer ist nach historischem Vorbild …

„Wir kennen die Brücke", unterbricht mich Holzmaier. Er schlägt mit der Faust auf den Tisch. Sein Bleistift rollt herunter. Ich bücke mich und hebe ihn auf. Ich bin so erzogen. Der Dicke bedankt sich nicht einmal. „Die Leiche – was war mit der Leiche?"

Es ist entsetzlich. Nicole liegt unten im Wasser, leblos, und die Wellen spülen ihr über das Gesicht. Sie muss von hier oben in den Tod gesprungen sein. Jedenfalls sieht es für mich so aus.

„Nicole Petersen ist ertrunken", bestätigt Holzmaier. Na also. Was soll ich dann noch hier? Der Kommissar schweigt einen Moment, dann zündet er sich eine Zigarette an. Auf die Idee, mir auch eine anzubieten, kommt er natürlich nicht. Er bläst den Rauch in die Luft und sieht mich herausfordernd an: „Zweifellos ist sie ertrunken. Aber die Tote weist außerdem ein subkutanes Hämatom am Hinterkopf auf."

„Ein was?"

„Einen Bluterguss – wie von einem Schlag mit einem stumpfen Gegenstand."

„Hören Sie – es war stürmisches Wetter. Nicole – sie muss von der Brücke gesprungen sein. Vielleicht ist sie mit dem Kopf gegen das Geländer geschlagen. Oder sie ist hinterher von der tosenden Brandung umhergewirbelt worden. Kein Wunder, wenn sie da mit dem Schädel auf einen Stein geprallt ist."

„Herr Haller, erzählen Sie keine Märchen. Wir kennen Wilhelmshaven besser als Sie, das können Sie mir glauben. Unsere Stadt liegt am Rande des Jadebusens, Blick nach Süden, und die Kaiser-Wilhelm-Brücke liegt im Binnenhafen. Da gibt es keine tosende Brandung."

„Bei Sturm …"

„Wir hatten Nordwestwind; die Brücke lag also obendrein noch im Windschatten."
„Kam mir nicht so vor."
Da haben wir diese Experten. Sie haben studiert, kennen sich aus mit diesem und jenem, aber haben keine Ahnung vom wirklichen Leben, wie das aussieht, wenn eine Leiche im Wasser treibt. Noch dazu jemand, den man kennt, den man schätzt. Ich war völlig außer mir. Und der Kerl streitet mit mir herum, wie hoch die Wellen waren.
Peter und ich sind dann im Dunkeln am Ufer entlang gestolpert, halb besinnungslos vor Aufregung. Die Kälte, der Wind, der unglaubliche Stress. Und Nicole trieb mitten im Wasser; wir konnten sie nicht herausfischen. Aber in einem hatte der Kommissar, oder was er sein mochte, schon recht: Große Wellen hatte es nicht gegeben. Also muss es anders gewesen sein.
„Sie wird sich zu weit über das Geländer gebeugt haben", schlage ich vor. „Dabei hat sie den Halt verloren, ist hinuntergestürzt, mit dem Kopf irgendwo aufgeschlagen, bewusstlos geworden und ertrunken."
Aber das gefällt ihnen auch nicht. Der Kommissar schüttelt den Kopf. Er sieht seinen Kollegen an: „Erklären Sie's ihm."
Der dünne Mann lächelt knapp, aber es ist ein freudloses Beamtenlächeln. Dann sagt er, bei einem Sturz liegt die Verletzung gewöhnlich genau hinten, am Hinterkopf. Anders, wenn jemand niedergeschlagen wird. Der Schlag wird von oben ausgeführt, die Verletzung liegt höher. Und im Fall der verstorbenen Nicole Petersen deute, nach seinen Worten, alles darauf hin, dass die fragliche Verletzung durch einen Schlag mit einem stumpfen Gegenstand hervorgerufen worden sei. Fremdverschulden also.
Ich lasse die Szene noch einmal an meinem geistigen Auge vorübergleiten. Wie wir mit keuchendem Atem auf der Brücke angekommen sind und nach unten gestarrt haben, auf das Wasser und auf die Tote. „Da war niemand", sage ich unwillkürlich.

Der Kommissar lacht. „Da war niemand! Sind Sie vielleicht niemand?“
„Ich? Was habe ich damit zu tun? Mein Gott, sie ist doch schließlich ertrunken. Wasser in der Lunge, das haben Sie doch selbst gesagt!“
„Wasser in der Lunge, ja, das stimmt.“ Der Kommissar lehnt sich zurück. „Allerdings handelt es sich um Süßwasser. Seifenwasser, um genau zu sein.“
„Das verstehe ich nicht.“
„Ich schon. Sie ist in der Wohnung des Herrn Stolley niedergeschlagen und anschließend in der Badewanne ertränkt worden. Und zwar von Ihnen, Herr Haller.“

Diese Polizisten sind die reinen Teufel. Was sie mir alles an den Kopf geworfen haben in der nächsten halben Stunde, das kann man gar nicht glauben. Das Schlimme ist nur, dass sie zum Teil Recht haben. Aber nur zum Teil. Und die Art, wie sie ihre Anschuldigungen vorbringen, die hat etwas unerhört Beleidigendes, Verletzendes. So als ob ich ein Verbrecher wäre. Dabei habe ich doch nur einem Freund geholfen, weiter nichts.
Ja, der Kommissar hat Recht, natürlich war es keine gute Idee gewesen, nach Wilhelmshaven zu fahren, wenn Peter und Nicole sich miteinander versöhnen wollten. Dabei hätte ich wirklich nur stören können. Zumal der Zoff zwischen den beiden irgendwie auch mit mir zu tun hatte. Es stimmt schon, ich hatte mich in letzter Zeit öfter mit Nicole getroffen, und der Peter hatte wohl irgendwie mitbekommen, dass sie am Ende bei mir eingezogen war, und er war eifersüchtig gewesen. Aber sie hatten sich versöhnen wollen, so viel stand fest.
Jedenfalls hatte Peter das gesagt, und ich habe keinen Grund, an seinen Worten zu zweifeln. Nur mit der Versöhnung hat es nicht so richtig geklappt. In der Enge der Wohnung und bei dem schlechten Wetter müssen die beiden sich wohl ziemlich auf den Geist gegangen sein. Es gab heftigen Streit. Ich kann mir gut vorstellen, dass Nicole sich über Peter lustig gemacht

hat. Mit Verlaub gesagt, Peter hat ja ein paar Pfunde zu viel drauf, und es ist vielleicht nicht ganz leicht, ihn so attraktiv zu finden wie sein vieles Geld. Dabei ist er, wenn man ihn näher kennt, wirklich eine Seele von Mensch.

Aber Nicole hatte ihn satt, das hatte sie schon angedeutet. Hatte gesagt, mit ihm zu schlafen, sei wie Sex mit einem Nilpferd. Vielleicht hat sie ihm das auch gesagt, und er hat das nicht hören wollen. Jedenfalls haben sie Streit bekommen, und dann ist ihm die Hand ausgerutscht, und er hat zugeschlagen, etwas stärker, als er eigentlich wollte. Ja, und dann war sie tot, und Peter wusste nicht mehr ein noch aus. Hat gleich bei mir angerufen und mich gebeten, zu ihm zu kommen. Sofort.

An seiner Stimme hab ich schon gemerkt, dass es dringend war. Ich bin sofort losgefahren. Bis Wilhelmshaven, das sind keine fünf Stunden, wenn man ein bisschen Gas gibt.

Fünf schrecklich lange Stunden, die der arme Peter allein ausharren musste mit der Toten. Voller Angst und Sorge, welche Scherereien es geben würde, wenn man die Leiche bei ihm finden würde. Natürlich war es ein Unfall gewesen, aber schließlich hatte er sie erschlagen, wenn auch aus Versehen. Und bei seinen drei Vorstrafen, alle wegen Körperverletzung, und dem noch offenen Prozess – er wäre in die größten Schwierigkeiten gekommen. Nein, die Leiche musste aus dem Haus. Sie in die Badewanne zu packen, das war doch nur geistesgegenwärtig, sonst hätte die Leichenstarre viel zu schnell eingesetzt, und wie hätten wir eine starre Leiche aus dem Haus tragen sollen? Wir hätten sie nie ins Auto bekommen. Und dann auf die Brücke und über das Geländer. Es war auch so schon eine verfluchte Schlepperei.

Bloß – was mich stutzig macht an den Ausführungen des Kommissars, das ist, dass sie in der Badewanne ertrunken sein soll. Davon hat Peter nichts gesagt. Auch, dass sie von hinten niedergeschlagen worden sein soll. Von hinten! Das ist doch

wohl nicht das, was man in einem Streit als spontane Handlung erwarten sollte, oder?
Vielleicht hätte ich auch den Golfschläger nicht anfassen sollen. Aber ich bin nun einmal ein ordnungsliebender Mensch und kann das einfach nicht ansehen, wenn irgendwas auf dem Fußboden herumliegt. Ich hab ihn aufgehoben und in den Ständer gestellt. Dem Peter war das in seiner Aufregung natürlich völlig egal, das muss man ja verstehen. – Na ja, aber nun sind da halt meine Fingerabdrücke drauf, auf dem Ding. Nur meine Fingerabdrücke, sagt der Kommissar. Keine anderen. Das verstehe ich nicht.

Wenn das wirklich alles so gewesen sein soll, wie der Kommissar behauptet, warum sitze ich dann hier und nicht Peter? Langsam frage ich mich, was der Peter gemeint hat, als er sagte, er müsse sofort wieder weg, er sei eigentlich gar nicht hier. Ich sollte mich um die ganzen Formalitäten kümmern, und falls etwas Wichtiges sei, könnte ich ihn ja auf Mallorca anrufen, in seiner Ferienwohnung. Ja, dann stand ich da allein am Binnenhafen, und da haben sie mich dann erwischt, die Bullen, und gleich mit auf die Wache geschleppt. Irgendwie scheint mir, ich sitze ganz schön in der Tinte.
Ob die Anschrift, die der Peter mir gegeben hat, überhaupt stimmt? Wer weiß. Fest steht nur, dass ich ihn nicht verraten werde, denn wir sind ja schließlich Freunde – oder etwa nicht?

St. Peter-Ording:

Petra Würth

FREI SEIN

Seit eineinhalb Stunden sitzt Sonja an dem schmalen Schreibtisch in ihrem Ferienzimmer und legt Karten. Tarotkarten, die ihr die Zukunft zeigen sollen. Während draußen der Sommerwind durch das Laub der Bäume fegt und die stachligen Ranken einer violett blühenden Kletterrose gegen die Fensterscheibe schlagen, formt Sonja auf der dunklen Tischplatte einen Kartenfächer und formuliert in Gedanken ihre Fragen. Kommt Eric zurück? Liebt er mich noch? Denkt er an mich? Vermisst er mich? Wie kann er, verdammt noch mal, leben ohne mich?

Die Antworten gefallen ihr nicht. Wütend wirft sie die Karten gegen die Wand. Dann sammelt sie sie wieder auf, beginnt von neuem. Legt sie so oft, bis ihr Lieblingsmotiv kommt. Das „As der Kelche". Die Karte, auf der eine große, blaue Schale von sich explosionsartig ausbreitenden Wasserkaskaden umrahmt wird. Das Sinnbild reiner, wahrer, durch nichts zu erschütternder Liebe. Sie zieht dieses Motiv ganz selten. Viel häufiger kommt der „Tod", der das Ende immer wieder aufs Neue heraufbeschwört. Das Ende ihrer Beziehung. Das Ende ihrer Liebe. Das Ende ihres Lebens, wie es ihr manchmal vorkommt.

Beim Blick aus dem Fenster greift sie automatisch nach ihrer Tasche. Der Wetterhahn auf dem Giebel des Nachbarhauses hat sich gedreht. Der Wind weht jetzt konstant aus Nordwest. Ideale Bedingungen zum Surfen. Fast tritt sie auf den „Teufel", der zu Boden gefallen ist. Der Steinbock, dem zwei mächtige, geschwungene Hörner aus dem Schädel ragen, sieht sie mit hintergründigem Lächeln an. Der lüsterne Pan macht sich über sie lustig. Dabei ist er an allem schuld, denkt sie, zerreißt die Karte und wirft sie in den Papierkorb.

Als Sonja am Wassersportcenter X-H_2O eintrifft, ist Finn gerade dabei, die Fronttube seines Kites mit einer Luftpumpe aufzublasen. Mit der dunklen Sonnenbrille, der neonblauen Ringelmütze und einer bunt gestreiften Shorts, die tief auf seinen Hüften sitzt, verkörpert er den Inbegriff des coolen Surfers. Seit einer Woche kommt Sonja hierher. Seit ihrem ersten Urlaubstag. Damals war sie aus München kommend in St. Peter-Ording eingetroffen, hatte am späten Nachmittag in einer kleinen Pension eingecheckt, ihren Koffer aufs Zimmer gebracht und war sofort zum Wasser gelaufen. Sie wollte das Meer sehen. Sehen und riechen. Sie war hierher gekommen, um ihren Liebeskummer hinter sich zu lassen, um endlich abzuschließen, ein neues Leben zu beginnen. Und sie gedachte, gleich damit anzufangen.

Die untergehende Sonne stand wie ein roter Feuerball am Himmel, als sie den Ordinger Strand erreichte. Sie streifte sich ihre Espadrilles von den Füßen und lief durch den warmen Sand, direkt auf die blau glitzernde Wasserfläche zu, über der vereinzelt noch bunte Kitedrachen schwebten. Im rot gleißenden Gegenlicht konnte sie die Pfahlbauten erkennen, die über die Küste verteilt standen, und vielleicht zwei Dutzend Autos und Wohnmobile, die in einem abgesperrten Bereich im hinteren Teil des Strandes parkten.

Am Wasser angekommen, tauchte sie ihre nackten Füße in die kühle Nordsee, genoss den Wind, der ihr Haar zerzauste, die letzten warmen Sonnenstrahlen auf ihrem Gesicht – als sie ihn sah. Keiner surfte wie er. Er schien zu schweben, völlig schwerelos zu sein. Seine Bewegungen waren präzise und gleichzeitig von großer Leichtigkeit. Ohne jede Anstrengung ließ er sich von seinem Drachen in die Luft katapultieren, rotierte um die eigene Achse und traf, einen Sprühnebel hinter sich herziehend, mit seinem Board wieder auf der Wasseroberfläche auf. Sonja blieb stehen und beobachtete ihn. Auch noch als er seinen Kite am flutumspülten Saum des Strandes landete. Nur wenige Meter von ihm entfernt sah sie zum ersten Mal sein Gesicht – und erstarrte.

Selbst jetzt kann sie es noch nicht fassen. An ihrem ersten Tag in St. Peter traf sie auf einen Mann, der Eric auf geradezu unheimliche Art ähnlich sieht. Die gleichen halblangen, blonden Haare, die hellen Augen und dieses selbstbewusste, fast arrogant spöttische Lächeln. Er ist kleiner und schmaler als Eric, seine Stimme ist nicht ganz so tief. Auch ist er jünger. Aber er hat dieselbe jungenhafte Ausstrahlung, die sie so liebt. Dieses Kind im Mann, das nie erwachsen werden will, für das das Leben immer ein Abenteuer und Verantwortung auf ewig ein Fremdwort bleiben werden. Etwas, das anderen aufgebürdet werden kann.

Finn sieht zu ihr herüber. Sie lächelt ihn an. Ein Lächeln, das er erwidert. Mittlerweile ist er daran gewöhnt, dass sie regelmäßig am X-H_2O aufkreuzt. Sie sucht seine Nähe, stellt Fragen, macht keinen Hehl daraus, dass er ihr gefällt. Das typische Verhalten einer Touristin, die auf ein Abenteuer aus ist und keine Zeit zu verlieren hat. Finn scheint sich nicht daran zu stören, bleibt gleichbleibend freundlich. In den beiden letzten Tagen hatte sie sogar den Eindruck, er freue sich, wenn er sie sieht.
Sonja setzt sich in den Sand, platziert ihre schwere Tasche direkt neben sich. Bei 25 Grad strahlt die Sonne von einem leicht

bewölkten Himmel. Der Strand ist übersät mit kleinen, halb offenen Muschel-Zelten, in denen die Badegäste Schutz vor dem Wind suchen. Sonja legt den Kopf in den Nacken und beobachtet die Möwen, die über den Zelten ihre Kreise ziehen.

Sie hat gekämpft, nachdem Eric sie verlassen hatte. Um ihre Unabhängigkeit, ihr Seelenheil, ihren Stolz. Aber das Unglück hat sie fest im Griff. Sie denkt an ihn. In jeder Sekunde des Tages. Der Schmerz ist zum ewigen Begleiter geworden. Die Erinnerungen zur Tortur. Er hatte von allem zu viel. Er war zu attraktiv, zu eloquent, zu witzig – zu gut im Bett. Sie hatte gewusst, das konnte nicht gut gehen, da war auf ihrer Seite einfach viel zu viel Gefühl. In der ersten Nacht mit ihm hatte sie geweint. Damals hatte sie gespürt, dass jetzt die Erinnerungen geboren wurden, die sie irgendwann heimsuchen würden. Als er eingeschlafen war, hatte sie mit dem Finger seine Brust berührt und alles an ihm vollkommen gefunden. Ihr war, als würde sie neben ihm verblassen, als würde sie immer weniger und er immer strahlender, je länger sie zusammen waren, als söge er alle Kraft und Energie aus ihr heraus. Wie ein schwarzes Loch, das sie verschlang.

Finn hat den äußeren Rand seines Kites jetzt komplett aufgepumpt. Er legt den Drachen mit der Fronttube in Windrichtung und beschwert ihn mit einem Rucksack. Dann beginnt er die Leinen auszulegen und sie am Kite festzuknüpfen. Sonja nimmt ihre Tasche, die hart gegen ihr Bein schlägt, und steht auf.

„Wie kannst du sicher sein, dass sich die Leinen nicht lösen, wenn du da draußen bist? So meterhoch über dem Wasser?"

„Keine Angst, die halten schon. Ich kontrolliere sie vor jedem Start. Sowohl am Schirm als auch an der Bar."

Sein Lächeln ist breit und selbstbewusst und zeigt eine Reihe sehr weißer Zähne. Sie versenkt ihren Blick in seinen blaugrünen Augen. Sie sind nicht so blau, nicht so märchenhaft

blau wie Erics Augen. Sie verliert sich nicht darin. Da ist Potenzial, eine gewisse Tiefe, aber keine Ewigkeit. Sie bleibt nicht daran kleben, verfängt sich nicht. Sie behält die Kontrolle. Das ist gut, denkt sie, das ist sehr gut, das ist unglaublich gut.
„Wirst du lange draußen bleiben?"
Überrascht sieht er sie an. „Eine Stunde."
„Magst du danach noch etwas mit mir trinken gehen?"
Sein Lächeln wird noch breiter. Wirkt fast überheblich. Er ist Erfolg bei Frauen gewöhnt. Genauso wie Eric.

Auf der Toilette betrachtet sie ihr Spiegelbild. Das lange, blonde Haar, die blasse Haut, die braunen Augen. Sie ist nicht mehr so schön, wie sie einmal war. Ihr Gesicht hat etwas Ausgezehrtes, in ihren Augen brennt ein ungesund intensives Feuer. Wenn sie sich betrachtet, sieht sie jemanden, der von innen heraus aufgefressen wird, der vergeht vor Sehnsucht und Schmerz. Warum hatte Eric sich nur in diese andere Frau verliebt? Warum hatte er aufgehört, sie zu lieben? Durfte man so etwas überhaupt? Dem anderen seine Liebe entziehen? Einfach so?
Sie hat gelesen, dass Liebeskummer bei den meisten Menschen in fünf Phasen verläuft. Was sie erst einmal nicht so ganz glauben konnte. Aber je länger sie darüber nachdachte, desto mehr spürte sie, dass auch für sie dieses Schema galt. Nur war sie in Phase vier steckengeblieben. In der Phase, in der die Rachephantasien wucherten. Ihr war so vieles durch den Kopf gegangen, was sie ihm hätte antun können. Aber nichts davon würde sie je umsetzen. Dazu liebte sie ihn zu sehr. Die Liebe war immer noch größer als der Hass. Auch wenn sie davon überzeugt war, dass nur sein Tod sie erlösen konnte. Doch wenn sie eines nicht ertrug, dann die Vorstellung, dass er nicht mehr da war. Dass er nicht mehr existierte. Dass es keine Hoffnung mehr gab. Sie ihn nie wieder sehen, ihn nie wieder würde berühren können. Das zu tun war ihr Traum. Eine letzte gemeinsame Nacht. Noch einmal mit ihm schlafen,

ihn noch einmal in sich spüren, seine Nähe, seinen Geruch, seine Haut, seine Haare in ihrem Gesicht. Ein allerletztes Mal. Ein Gedanke, der ihr jedes Mal die Tränen in die Augen trieb.

Finn kommt schneller aus dem Wasser, als sie erwartet hat. Der Wind hat gedreht und ist jetzt auflandig. Das ist gefährlich, da die Surfer unkontrolliert auf den Strand gezogen werden können. Finn macht ihr ein Handzeichen, dass er Hilfe beim Landen benötigt, und deutet mit dem Kinn in die Richtung, in der er den Kite zu Boden bringen will. Sonja läuft dem Drachen entgegen, der wie ein großer, bunter Halbmond langsam nach unten schwebt, und fängt ihn auf, bevor er den Sand berühren kann. Vorsichtig dreht sie ihn in die Parkposition und legt ihn ab. Sie hilft Finn zum ersten Mal und ist stolz, alles richtig gemacht zu haben.

Nachdem er seine Ausrüstung in seinem VW-Bus verstaut hat, schlägt er vor, in die Strandbar 54° Nord in einem der nahegelegenen Pfahlbauten zu gehen. Nicht weit vom X-H_2O entfernt.

Sie laufen am Wasser entlang, Finn greift nach Sonjas Hand. Zum ersten Mal sind sie allein. Nur sie zwei. Sonja ist schwindelig. Sie hat das Gefühl zu schweben, nicht mehr mit der Erde verbunden zu sein. Neben ihr geht ein Mann, der vorgibt, Finn zu sein, aber irgendwie doch Eric ist.

Sie weiß nicht wirklich, mit wem sie spricht. Sie lacht, sie strahlt, sie flirtet, als hätte sie die Chance, die Liebe ihres Lebens aufs Neue zu erobern. Als hätte sie sich in die Anfänge ihrer gescheiterten Beziehung zurückgebeamt und könne wieder bei „Los“ beginnen.

Finn erzählt von seinem Job als Lehrer für Sport und Deutsch. Er ist geschieden und hat keine Kinder. Dass es keinen Nachwuchs gibt, findet Sonja gut. Das macht es leichter. Er sei Single, sagt er und lacht. Sie ist nicht sicher, ob sie ihm glauben soll. Solche Männer sind entweder vergeben oder beziehungsunfähig. Oder beides.

Sie stellt sich vor, wie es wohl für Eric war, als er mit dieser Frau, dieser Mona, zum ersten Mal ein Date hatte. Zum ersten Mal mit ihr schlief. Das war in Phase eins. Als er auf einmal viel weniger Zeit für sie hatte und ihre Treffen in immer längeren Abständen stattfanden. Da hatte sie gespürt, dass etwas nicht stimmte.
In Phase zwei hatte er ihr eröffnet, dass er sich mehr um seine Firma kümmern müsse, da ihm wichtige Kunden wegzubrechen drohten. Er hatte vorgeschlagen, eine Pause einzulegen. Ein halbes Jahr. Dann könnten sie ihre Beziehung wieder aufleben lassen. Sie hatte geglaubt, sechs Monate ohne ihn durchstehen zu können. Sie wollte tapfer sein, ihm keine Schwierigkeiten bereiten. Danach würde sie ihn ja wieder für sich haben. Daran hatte sie geglaubt, bis sie ihn tatsächlich wiedergesehen hatte. In der Stadt. Eng umschlungen mit einer anderen Frau. Einer seiner Assistentinnen, wie sie später herausfand. Mona. Da setzte Phase drei ein. Das Gefühl, ihn unbedingt zurückhaben zu wollen. Alle fünf Minuten nahm sie ihr Handy zur Hand und war kurz davor, ihn anzurufen. Sie las immer und immer wieder alle SMS und alle Mails, die sie je von ihm erhalten hatte. Sie schrieb ihm einen zehnseitigen Brief, den sie nie abschickte. Sie las seine aktuellen Einträge auf Facebook, sie kontrollierte Twitter und Instagram auf Nachrichten und Fotos von ihm. Zwei Monate lang widerstand sie unter größten Anstrengungen allen Versuchungen. Und dann schaffte sie endlich den Wechsel in Phase vier. Die Geburt ihrer Rachephantasien. Und in dieser Phase war sie steckengeblieben. Sie schaffte den Sprung in Phase fünf, den Neustart in ein eigenes, selbstbestimmtes, unabhängiges Leben nicht. In ein Leben, in dem sie im Mittelpunkt stand, sie ihr Leben lebte – und in dem es vielleicht auch einen neuen Mann gab.

Sie haben Glück und finden auf der Terrasse der Strandbar zwei freie Liegen unter einem der grünen Sonnenschirme. Finn bestellt sich eine Cola und ordert für Sonja eine Rhabar-

berschorle. Der Blick durch die Glasscheiben auf die Nordsee und die Kitesurfer, deren Drachen wie bunte Vögel über das Wasser fliegen, ist grandios. Und für einen kurzen Moment hat Sonja das Gefühl, glücklich zu sein.
Finn stellt ihr viele Fragen. Über ihren Beruf, ihre Freunde, ihre Hobbys. Er konzentriert sich auf sie, hört ihr zu, nimmt sonst niemanden wahr. Selbst als eine Gruppe kichernder Bikinischönheiten auftaucht, lässt er sich nur kurz ablenken. Wie zufällig berührt er ihren Arm, macht ihr Komplimente. Plötzlich kommt ihr der Gedanke, sie könne Eric durch Finn ersetzen. Die beiden Männer sind sich so ähnlich. Sie könnte sich an Finn gewöhnen, sie könnte versuchen, ihre Gefühle, ihre Wünsche und Sehnsüchte zu einem Paket zu schnüren und sie einfach Finn in die Arme zu drücken. In der Hoffnung, dass er vorsichtiger und liebevoller damit umginge. Dass seine Liebe länger als drei Monate hielte. Sie müsste nicht an ihren Gefühlen ersticken. Sie könnte sie leben. Wenn nicht mit Eric, warum dann nicht mit Finn? Womöglich bekommt sie gerade ihre zweite Chance.

Das Hotelzimmer ist winzig. In der Luft hängt der Geruch nach Essigreiniger. Im Badezimmer gibt es kein Fenster und zu wenig Handtücher. Als Sonja ihre Tasche auf einem der Nachttische abstellt, scheppert es leise. Beklommen sieht sie sich um. Finn bemerkt ihre Unsicherheit. „Sollen wir wieder gehen?“
„Nein, nein“, sagt sie und wendet sich ab.
„Sicher?“, fragt er.
Auf ihr Nicken hin, verschwindet Finn im Bad. Kurz darauf hört sie, wie die Dusche aufgedreht wird.
Sie setzt sich auf das Bett, streicht mit der Hand über die hellgraue Bettdecke, die sich vom häufigen Waschen rau anfühlt. Ihre Gedanken kehren zu Mona zurück. Es war einer der letzten schönen Herbsttage gewesen. Ganz München schien auf den Beinen zu sein, die Cafés in der Leopoldstraße waren voll

besetzt, und Sonja hatte Probleme gehabt, noch einen freien Tisch zu ergattern. Als eine Frau sie ansprach und wissen wollte, ob sie sich zu ihr setzen dürfe, hatte Sonja nur kurz von ihrer Zeitschrift aufgesehen. Sie nickte, wollte weiterlesen und begriff erst dann, dass mit dieser Frau etwas nicht stimmte. Erneut hob sie den Blick und sah genauer hin.
Es war Mona, die da vor ihr saß. Erics neue Liebe. Sonja starrte auf ihre Zeitschrift, war aber nicht mehr in der Lage, den Sinn auch nur eines einzigen Wortes zu erfassen, nur einen einzigen Satz zu begreifen. Warum setzte sich diese Frau zu ihr? War das Zufall? Konnte das wirklich Zufall sein? Mona war gut gelaunt und ausgesprochen gesprächig. Sie erzählte von ihrer Arbeit, davon, dass sie ihre Mittagspause lieber in einem Café als in der Kantine verbringe, dass man das Leben viel zu wenig lebe und die Zeit zu wenig genieße. Sie war ungeschminkt und ihr Haar mit einem Bürogummi nachlässig zurückgebunden. Sie ist der patente Typ, der Typ zum Pferdestehlen, der Typ Frau, der zehn Kinder alleine durchbringt und den Bauernhof des verstorbenen Mannes vor dem Bankrott rettet, ging es Sonja durch den Kopf. Sie hatte sich ihre Konkurrentin anders vorgestellt – glamouröser, auffälliger, vamp-artiger. Was reizte Eric bloß an dieser Frau? Vielleicht ihre Lebendigkeit, dachte Sonja, als sie Monas Körpersprache und ihre Mimik studierte. Ihr Optimismus und die Kraft, die sie ausstrahlte. Sie machte den Eindruck, als bräuchte sie nicht viel, um glücklich zu sein. Ihre Kleidung war so anspruchslos, wie ihre ganze Erscheinung. So, als könnte man sie schnell zufriedenstellen, als nähme sie sich nicht so wichtig, als wäre sie ein eher genügsamer Mensch. Genügsam musste man auch sein, wenn man mit Eric zusammen war. Sein Schwerpunkt lag auf dem Nehmen, nicht auf dem Geben. Da überlebte man nur, wenn man mit wenig zufrieden war. Sonja ärgerte sich über ihre Gedanken. Sie wollte von dieser Frau nicht schlecht denken, sie wollte sie nicht schlecht machen. Schließlich konnte Mona nichts für die Situation. Entweder sie war schon Opfer oder sie würde

es noch werden. Keine Frau überlebte Eric unbeschadet. Sie würde leiden. Früher oder später. Vielleicht tat sie es ja bereits. Vielleicht saß sie ja deshalb hier.
Sonja lehnte sich zurück. Das ist jetzt deine Show, dachte sie und fand die Situation immer seltsamer und absurder. Mona redete viel, aber sie schien nicht über Eric reden zu wollen, sie wollte mit der Ex von Eric reden. Aber warum? Hatte er von ihr erzählt und sie neugierig oder sogar eifersüchtig gemacht? Sonja war sich nicht sicher. Vielleicht phantasierte sie in dieses zufällige Treffen viel zu viel hinein.
Zu Hause rief sie Melissa an, ihre beste Freundin. Die meinte, dass es kein Zufall gewesen sei. Dass diese Frau hätte wissen wollen, wer ihre Vorgängerin gewesen ist, und dass das etwas mit Eric zu tun hätte. „Er liebt die Competition. Vor allem, wenn andere den Wettkampf austragen müssen und er die Trophäe ist. Er versucht, euch gegeneinander auszuspielen. Dann steht er im Mittelpunkt – und das liebt er“, sagte Melissa. „Sei froh, dass du ihn los bist“, sagte sie auch. Doch so weit war Sonja noch nicht.

Finn kommt aus dem Bad. Er ist nackt. Und das steht ihm ausgesprochen gut. Behutsam nimmt er Sonja in den Arm. Sein Kuss ist vorsichtig, tastend, irgendwie abwartend. In seinen Augen sieht sie etwas, das sie ahnen lässt, wie es sein könnte, mit ihm zusammen zu sein. Sie beide als Paar. Seine Hände fühlen sich vertraut an, wandern über ihren Rücken, schieben sich unter ihr T-Shirt. Sie spürt seine Lust. Als er in sie eindringt, stöhnt sie auf. Es fühlt sich gut an, irgendwie richtig. Es fühlt sich nach Zu-Hause-angekommen-Sein an.

Doch dann kommen die Bilder. Sie schwappen wie eine Welle über Sonja zusammen. Sie bäumt sich auf, sie schreit. Wenn auch nur leise. Sie ist nicht mehr in St. Peter-Ording, sie ist in Südfrankreich in einem Zimmer, das achthundert Euro die Nacht kostet, in einem Hotel, das direkt am Meer liegt. Die

Balkontür steht offen. Auf dem dunkelblauen Wasser glitzern Tausende von Lichtreflexen. Am Horizont kann man die Häuser von Cannes erkennen, die sich an der Croisette entlang wie kleine Lichtperlen aufreihen. Es ist heiß. Auf dem kleinen, runden Tisch am Fenster steht eine Vase mit einer weißen Orchidee. Sonja ist glücklich. So glücklich wie noch nie in ihrem Leben. An jenem Wochenende hatte sie endgültig ihr Herz verloren, hatte sie sich selbst verloren. Sie hatte mit Eric die kompletten drei Tage im Bett zugebracht. Sie hatten sich das Essen vom Roomservice aufs Zimmer bringen lassen, sich immer und immer wieder geliebt und stundenlang miteinander geredet. Sie hatte seine Liebe und seine Begierde gespürt. Mit einer Unbändigkeit und Lust, die sie selig machte. Gefühle, die sie lange nicht mehr in ihm wecken konnte. Im Laufe der Zeit wurde die Erinnerung zum Rausch, der wie ein Film in ihrem Kopf ablief, der sie quälte und malträtierte und einfach nicht enden wollte. Hätte sie sich doch nie auf diesen Mann eingelassen, hätte sie ihm doch widerstanden. Könnte sie doch vergessen, mit wie viel Kälte und Gleichgültigkeit er ihr zum Schluss begegnet war.

Tränen laufen ihr über das Gesicht. Sie dreht sich zu Finn, betrachtet sein blondes, von der Sonne gebleichtes, noch feuchtes Haar, das sich im Nacken zu kleinen Locken kringelt. Er ist eingeschlafen. Wie ein Kind hat er sich zusammengerollt. Erschöpft und befriedigt. Sie muss sich retten. Das ist der einzige Weg, der ihr bleibt. Der einzige Weg zu sich selbst zurückzufinden …

Als sie das Zimmer verlässt, ist sein Gesichtsausdruck immer noch friedlich und entspannt. Sonja zieht die Tür hinter sich zu. Ich bin frei, sagt sie leise. Oh mein Gott, ICH BIN FREI.

Der Knall war kaum zu hören gewesen. Dank des Kopfkissens, das sie benutzt hatte. Niemand hält sie auf, als sie das Hotel verlässt. Beschwingt läuft sie die Straße hinunter. Die Sonne scheint, und das Leben ist voller Versprechungen.

Lübeck:

Romy Fölck

LÜBECKER LÜGEN

„Lass uns das Geschäft aufgeben und von hier weggehen. Irgendwohin in den Süden. Wir kaufen ein Häuschen, vielleicht am Meer, mit einem kleinen Garten.“ Henning sah seiner Frau zu, die Trockenshampoo ins Haar einer neunzigjährigen Toten sprühte und es vorsichtig ausbürstete.
„Was ist das schon wieder für eine Schnapsidee“, erwiderte Selma. Sie sah sich die Sargkarte an, auf der Arbeitsanweisungen und Wünsche der Familie der Toten standen, und machte sich daran, das weiße Haar zu einem schönen Knoten zu legen. „Wovon sollen wir in den nächsten Jahren leben? Hast du darüber mal nachgedacht?“
„Wenn wir das Beerdigungsinstitut verkaufen, haben wir ein gutes Sümmchen. Wir könnten es in einen Weinhandel investieren.“
„Ich bin nicht Bestatterin geworden, um Wein zu verkaufen.“ Ihre Stimme war so kalt wie die Leiche, an der sie arbeitete.
„Und ich habe nicht BWL studiert, um zwischen all diesen Toten als Buchhalter zu verkümmern. Ich habe ständig das Gefühl, der nächste Sarg ist meiner!“
„Zumindest haben wir eine gute Auswahl vorrätig. Such dir schon mal einen aus.“ Sie cremte vorsichtig das Gesicht der

Verstorbenen ein, damit die Haut bis zur Beisetzung nicht austrocknete.
„Du wirst immer zynischer, Selma."
„Vielleicht hättest du lieber meine Schwester heiraten sollen. Du magst Marzipan ja eh mehr als den Tod."
„Lass doch deine Schwester aus dem Spiel! Ich kann nichts dafür, dass du sie hasst", antwortete Henning mürrisch. Immer, wenn Selma keine Argumente mehr hatte, brachte sie ihre jüngere Schwester ins Gespräch. Der Sargnagel jeder Diskussion.Selma hob ihren Blick von der Leiche und sah ihn an.
Hör auf, dich in Tagträumen zu verzetteln, und hilft mir lieber mit den Trageriemen, damit wir Frau Lüttich in den Sarg bekommen."

Henning genoss die Wärme des nackten Körpers neben sich. Lebendig, weich, heiß. Die Stunden in den Armen dieser Frau ließen ihn den Tod vergessen. „Lass uns weggehen. Irgendwohin in die Sonne, nach Spanien oder Italien." Er streichelte den Busen seiner Geliebten, sah ihr in die braunen Augen, küsste ihr Grübchen. „Nur du und ich. Ein kleines Haus, lange Spaziergänge am Meer, wir lieben uns im Sand …"
„Du spinnst, Henning. Ich kann meine Firma nicht einfach so aufgeben."
„Du kannst sie verkaufen. Dann haben wir genug Startkapital. Ich lasse mich von Selma scheiden. Sie muss mich auszahlen. Davon lässt es sich gut leben."
„Selma wird dich umbringen, wenn du sie verlässt. Du weißt, wie eifersüchtig sie ist." Sie lachte und küsste ihn. „Lass uns einfach den Augenblick genießen. Warum machst du alles so kompliziert?"
Henning setzte sich auf. „Ich mache keine Scherze. Ich will endlich hier weg. Diese Stadt erdrückt mich. Das Wetter macht mich krank. Dann jeden Tag diese Toten! Ich ertrage das nicht mehr."

„Denk nicht daran." Sie begann, seinen Rücken zu küssen. „Ich kenne eine gute Ablenkung."
„Ich meine es ernst. Lass uns ein neues Leben anfangen. Nur du und ich. La Dolce Vita."
Sonja kicherte. „Wenn das so einfach wäre. Du bist ein Träumer, Henning. Aber das liebe ich an dir."
Er drehte sich zu ihr um und drückte sie in die Kissen. „Sonja, warum kann deine Schwester nicht sein wie du?"
„Dann lägest du jetzt nicht mit mir im Bett, sondern mit ihr. Ich weiß doch, welch ein Eisblock sie ist."
„Kaum zu glauben, dass ihr Schwestern seid", sagte er und erwiderte die heißen Küsse seiner Schwägerin.

Die Schwestern hassten sich noch nicht ihr ganzes Leben, auch wenn sie schon immer sehr unterschiedlich gewesen waren. Selma, die Ältere, half ihrem Vater schon als Kind im Beerdigungsinstitut. Sie hatte keinerlei Berührungsängste zu den Toten. Sie wusch sie, bekleidete sie gemeinsam mit ihrem Vater, setzte Gebisse ein, und manchmal schminkte sie sogar ihre Gesichter, wenn dies von den Angehörigen gewünscht war. Ihre zwei Jahre jüngere Schwester Sonja hatte schon immer eine natürliche Abscheu gegenüber dem Tod. Als sie mit fünf Jahren die erste Leiche auf einem der Tische im Kühlraum sah, war sie laut schreiend davongelaufen. Selma hatte gelacht und sie tagelang damit aufgezogen. Aber seit diesem Tag war es dabei geblieben: Sonja hasste die Toten und die Arbeit ihres Vaters. Sehr zu seinem Leidwesen, der gern beide Töchter in seinem Institut angelernt hätte. So machte nur Selma die Ausbildung zur Bestattungsfachkraft. Sonja begann eine Ausbildung zur Konditorin. Ihr Vater tobte, aber er nahm es schließlich hin, dass sie in einer der Marzipanmanufakturen Lübecks anfing. Bis sie nach einigen Jahren ihre eigene Manufaktur gründete, die bald einen hervorragenden Ruf genoss.
Als ihr Vater starb, hinterließ er Selma das Bestattungsunternehmen und Sonja das Elternhaus. Beide fühlten sich

benachteiligt. Selma schimpfte, ihr Vater habe ihr die Toten und die ganze Arbeit und Sonja das schöne Haus hinterlassen. Sonja war wütend, weil sie meinte, dass das gut laufende Beerdigungsinstitut weit mehr wert sei, als die alte Bruchbude. Seit dem Tag der Testamentseröffnung sprachen sie kein Wort mehr miteinander. Was Henning gut in die Karten spielte. Denn die Schwestern gingen sich seitdem aus dem Weg, wechselten selbst den Gehweg, wenn sie sich in der Stadt begegneten. So konnte er mit der einen leben und mit der anderen das Bett teilen, ohne dass es Komplikationen gab.

Henning saß an seinem Schreibtisch im Büro des Beerdigungsinstituts und sah hinaus in den Schneeregen. Er war im Süden geboren, in Freiburg, und hatte sich nie wirklich an das nordische Schietwetter gewöhnen können. Auch wenn Lübeck eine wunderschöne Stadt war mit ihren alten Backsteinbauten, den vielen Türmen und der Nähe zum Meer. Er hatte sich nie wirklich heimisch gefühlt. Damals hatte die kühle Selma ihm den Kopf verdreht. Er hatte sie bei einem Urlaub an der Nordsee kennengelernt. Ihre spröde Art hatte seinen Jagdinstinkt geweckt, und das erfolgreiche Beerdigungsunternehmen ihres Vaters hatte ihn dazu bewogen, schnell die Ringe zu besorgen. Das war nun zwanzig Jahre her. Selma war noch kälter in ihrer Ehe als die Temperatur im Kühlhaus, wo die Toten in den Stahlregalen lagen. Sie hatte nicht einmal zur Hochzeit ihre jüngere Schwester eingeladen. Die aufgeweckte Sonja hatte Henning erst durch einen Zufall kennengelernt, als er in ihrem Geschäft, das neben dem berühmten Wahrzeichen Lübecks, dem Holstentor lag, Marzipan gekauft hatte. Sonja war das ganze Gegenteil seiner Frau: witzig, warm, sprühend vor Leben. Er war jeden Tag in ihren Laden gegangen, was nicht nur an ihrem köstlichen Marzipan lag. Er hatte sie wiedersehen wollen, so oft, bis sie endlich eingewilligt hatte, mit ihm essen zu gehen. Es hatte noch einige Wochen gedauert, bis er sie verführt hatte. Dass sie da bereits wusste, dass er ihr

Schwager ist, hatte ihn überrascht. Und er hatte sich gefragt, ob sie deshalb eine Affäre mit ihm angefangen hatte, um ihrer Schwester eins auszuwischen. Aber so berechnend war Sonja nicht. Das war eher ein Wesenszug seiner Frau.
Er fragte sich, warum er überhaupt darüber nachgedacht hatte, mit Selma aus Lübeck wegzugehen. Dass sie im sonnigen Süden auftauen würde, bezweifelte er. Und dass sie das Unternehmen ihres Vaters und ihre geliebten Toten aufgab, ebenfalls. So blieb nur noch der steinige Weg der Scheidung. Ob er Sonja überzeugen konnte, mit ihm zu kommen, wenn er die Scheidung einreichte? Würde sie ihn in den Süden begleiten?
Er musste die beiden Schwestern gegeneinander ausspielen. Nur so würde es funktionieren. Selma musste er davon überzeugen, dass sie – nicht er – die Scheidung wollte. Und Sonja musste er dazu bringen, dass sie Lübeck aus freien Stücken verließ. Marzipan wurde überall gegessen.
Eine Idee keimte langsam in ihm und wuchs zu einem Plan heran. Plötzlich erschien Henning das Lübecker nasskalte Wetter gar nicht mehr so grau.

„Ja, komm! Noch einen Schritt weiter! Ich führe dich."
Sonja kicherte. „Wo bringst du mich denn hin?"
„Wenn ich dir das sage, ist es ja keine Überraschung mehr."
Er hatte Sonja im Auto mit ihrem Schal die Augen verbunden. Sie liebte seine verrückten Ideen. Selma hätte sich das Tuch sofort vom Gesicht gefetzt.
Kontrolle war das Wichtigste in ihrem Leben.
„Es ist so kalt hier."
„Gleich wird dir warm, versprochen Liebling." Henning umarmte sie. „So, bitte stehen bleiben!" Er nahm ihr vorsichtig den Schal von den Augen.
Sonja erstarrte, als sie wieder sehen konnte. Ihr Lächeln schlug um in einen entsetzten stummen Schrei. „Hier her bringst du mich? In die Grabkammer?" So nannte sie seit jeher das

Beerdigungsinstitut ihrer Schwester. „Bist du verrückt, was soll das?“ Sie zitterte vor Kälte und Anspannung. Es war ein Schock für sie hier zu sein.

„Bist du nicht neugierig, wie es jetzt hier aussieht?“

Sie starrte ihn verärgert an. „Selma bringt uns um, wenn sie uns in ihren heiligen Hallen erwischt.“

„Bleib ruhig, Selma ist in Hamburg zu einer Seebestattung. Sie kommt erst morgen zurück.“

Sonja atmete tief durch. „Ich war ewig nicht hier. Seit Vaters Tod.“ Sie sah sich um. „Hat sich einiges verändert seit damals. Was sind das für Schienen an der Decke?“

„Daran hängen die Trageriemen. Mit ihnen kann man den Leichnam seitwärts verschieben und vom Arbeitstisch in den Sarg betten.“

„Machst du das auch? Mit den Toten arbeiten?“

„Nein, Selma hat zwei Mitarbeiter. Ich mache die Buchhaltung und führe die Gespräche mit Angehörigen.“

Sonja schien erleichtert. Sie ging durch den Arbeitsraum, wo Selma mit ihren Mitarbeitern die Toten herrichtete.

„Wofür ist das Skalpell?“ Sie hob das blinkende Werkzeug hoch, das in einem Regal lag.

„Damit kann man zum Beispiel Herzschrittmacher herausschneiden.“

Sonja ließ entsetzt das Skalpell ins Regal fallen.

„Und die Pampers?“ Sie zeigte auf die Packungen mit Windeln.

„Damit beim Transport …" Er seufze leise. „… kein Malheur passiert.“

Angewidert verzog sie das Gesicht. „Das hätte ich nie machen können. Jemand muss die Toten herrichten, ich weiß. Selma ist wahrscheinlich genau der richtige Mensch dazu. Sie kommt nach unserem Vater.“

„Und du? Nach deiner Mutter?“

„Sie ist früh gestorben. Ich kann mich kaum an sie erinnern. Aber ich hoffe, dass ich ihr Wesen habe. Mein Vater hat sie sehr geliebt. Er hat nach ihrem Tod nie wieder geheiratet.“

Henning spürte, wie sehr Sonja sich in diesem Raum unwohl fühlte. „Komm, ich habe etwas in meinem Büro vorbereitet." Er führte sie nach hinten. Zwei Kerzen flackerten auf dem Fensterbrett.
„Gemütlich." Sonja zog ihren Mantel aus, legte ihn auf die Couch. Eine Flasche Champagner stand in einem Kühler auf dem kleinen Beistelltisch. „Hier führst du die Gespräche mit den Angehörigen?"
„Nein, das mache ich vorn im Geschäft. Lass uns das Thema wechseln." Henning öffnete die Flasche und goss ein.
Sonja machte es sich auf der Couch bequem. Sie fühlte sich endlich wieder wohl.
Henning hob sein Glas. Sie stießen an. Er warf einen kurzen Blick auf die Uhr über dem Schreibtisch. Höchste Zeit. Er musste sich beeilen.
Er nahm Sonja das Champagnerglas aus der Hand und begann, sie stürmisch zu küssen.
„Hier? Du willst hier …?" Sie lachte unsicher.
„Warum nicht?"
„Du bist verrückt. Selma würde ausflippen, wenn sie wüsste, dass wir es neben der Grabkammer treiben." Dennoch erwiderte sie seine Küsse und wehrte sich nicht, als er ihr Kleid hochschob. Als Sonja leise zu stöhnen begann, hörte Henning die Tür ins Schloss fallen.

„Du verdammtes Schwein!", schrie seine Frau. „Raus! Und nimm deine kleine Schlampe mit!" Sie erstarrte. „DU?" Erst in diesem Moment hatte sie Sonja erkannt.
„Du wagst es, hier aufzutauchen und … mit meinem Mann … du verfluchtes Miststück! Raus! Sofort!"
Sonja zog sich hastig an und lief hinaus in die Kälte. Henning folgte ihr. „Ich verstehe das nicht. Sie hatte ein Hotel gebucht!" Sonja atmete hektisch. Ihr Atem stieg in einer Wolke auf, so kalt war es. „Du kennst doch Selma. Sie kann keine Nacht ohne ihre Toten sein." Besorgt sah sie ihn an, dann begann sie

zu lachen. „Du hättest ihren Blick sehen sollen, als sie zur Tür hereinkam. Sie sah aus, als hätte der Tod sie im Stehen ereilt, als sie mich erkannt hat.“

„Das verzeiht sie mir nicht. Sie wird mich rausschmeißen“, klagte Henning.

„Na und? Du warst doch eh nicht glücklich.“

Er sah ihr in die Augen. „Und sie wird dir das Leben zur Hölle machen.“

Sonja begann zu zittern. „Ich weiß. Sie ist eine Furie. Und rachsüchtig.“ Sie sah ihn ernst an. „Vielleicht sollten wir gemeinsam weggehen von hier“, flüsterte sie. „Lass uns irgendwo ganz neu anfangen.“

Henning umarmte sie und lächelte. Wie einfach es war! Warum war er nicht eher darauf gekommen? Dass Selma sich von ihm scheiden lassen würde, stand außer Zweifel. Das Trennungsjahr würde er finanziell gut überstehen. Über die Jahre hatte er seine Schäfchen ins Trockene gebracht. Er kannte alle Tricks, Gelder abzuzweigen, die niemand vermisste. Das Konto in der Schweiz war dick genug, um einige Zeit ein sorgenfreies Leben in der Sonne zu führen. Seine wichtigsten Papiere und etwas Kleidung hatte er vor diesem Abend bereits aus ihrer Wohnung geschafft. Selma konnte ihm nichts mehr anhaben, dafür hatte er gesorgt.

„Wir müssen besprechen, wie es jetzt weitergeht.“ Selma schenkte sich eine Tasse Tee ein. Sie wies auf eine zweite Tasse. „Du auch?“

„Ja, danke.“ Er nickte abwesend. Warum hatte sie ihn ins Bestattungsunternehmen bestellt? Warum war sie so gefasst? Gut, Selma sah furchtbar aus. Sie hatte abgenommen. Tiefe Augenringe zeugten von ihrem Kummer. Aber sie war die Ruhe in Person.

„Lass uns die Scheidung ordentlich über die Bühne bringen“, bat er und räusperte sich. Dieses Gespräch war ihm unangenehm, aber er musste es hinter sich bringen. „Es tut mir

leid, dass ich dich so verletzt habe. Aber ich liebe Sonja. Es ist einfach so passiert." Er trank den Tee, schmeckte die leichte Marzipannote.
Selma nickte. „Ich habe dich in den letzten Jahren sehr vernachlässigt. Wahrscheinlich ist es auch meine Schuld. Ich hätte auf deine Wünsche eingehen sollen. Vielleicht wäre unsere Ehe dann nicht gescheitert."
Henning war erstaunt, wie klar und besonnen sie reagierte. Keine Vorwürfe, keine Tränen, kein zerbrochenes Porzellan. Sie gab sich eine Teilschuld daran, dass er fremdgegangen war. Kannte er seine Frau doch nicht so gut, wie er dachte? Wo war der Racheengel, den er erwartet hatte?
„Ich wollte nicht, dass es so endet. Das musst du mir glauben. Das hast du nicht verdient", sagte er, um sich besser zu fühlen.
Sie trank Tee und sah ihn lange an. „Nein, das habe ich nicht verdient." Selma stand auf. „Ich brauche noch einmal deine Hilfe. Dann unterschreibe ich die Papiere, dass wir seit Monaten weder Tisch noch Bett teilen. So kann die Scheidung schnell über die Bühne gehen."
Henning folgte ihr in den Arbeitsraum. Die Kälte der Grabkammer ließ ihn frösteln. Auf dem Tisch lag eine Tote. Henning wollte sie nicht berühren, aber diesen einen Dienst würde er Selma noch erweisen. Er trat näher heran und erstarrte. Vor ihm auf dem Arbeitstisch lag Sonja. Ihr Körper war bis zum Hals von einem Tuch bedeckt. Ihr Gesicht war aschfahl, die Augen waren geschlossen. Er berührte sie, schüttelte sie. Aber ihr Körper war schon kalt. Verzweifelt rief er ihren Namen. „Was hast du mit ihr gemacht?", schrie er Selma an.
„Es ist zu spät, Henning. Sie ist tot. Sie kam her, um sich mit mir auszusprechen. Aber ich hatte ihr nichts zu sagen."
Erst jetzt sah er das Skalpell in der Hand seiner Frau.
„Du hast sie umgebracht? Deine eigene Schwester?"
Selma lächelte. Ihre Augen waren ausdruckslos. Ihn fröstelte. Was hatte sie vor?

„Du hast sie umgebracht, Henning. An dem Abend, an dem du sie hier hergebracht hast, um es mit ihr vor meinen Augen zu treiben. Du wusstest genau, wann ich an dem Abend zurückkomme. Ich habe dich durchschaut, mein Liebster. Du hattest es darauf angelegt, von mir erwischt zu werden. Aber ich lasse es nicht zu, dass du mit ihr und meinem Geld ein neues Leben in der Sonne anfängst."

Er starrte sie an, sah das Skalpell funkeln. Aber er wehrte sich nicht. Müde, er fühlte sich plötzlich so müde. Er musste sich am Tisch abstützen. Ungläubig blickte er in Sonjas fahles Gesicht. Selbst im Tod war sie noch schön. „Willst du mich auch abstechen … wie sie?", flüsterte er schwach. Er konnte sich kaum noch auf den Beinen halten.

Selma lächelte. „Nein, so leicht kommst du mir nicht davon."

Ihm wurde schwarz vor Augen.

Henning erwachte von einem monotonen Poltern. Er riss die Augen auf, aber es war stockdunkel. Etwas presste seine Zunge zusammen, dass es schmerzte. Er wollte das Ding herausziehen, aber er konnte weder Hände noch Füße bewegen. Der Knebel im Mund saß fest und ließ ihn kaum atmen. Die Matratze unter ihm war uneben, hart und strahlte Kälte aus. Vorsichtig bewegte er sich darauf. Ein tiefes Entsetzen, als er erkannte, was sich unter ihm befand. Verdammt, er lag auf einer Leiche!

Die Erinnerung kam mit aller Wucht zurück. War das Sonja? Oder ein anderer Toter? Panisch bewegte er sich und stieß mit den Beinen auf allen Seiten auf einen harten Widerstand. Wo war er?

Selma musste ihm mit dem Tee ein Narkotikum verabreicht haben. Aber wo hatte sie ihn hingebracht? Was hatte sie mit ihm vor?

Das Poltern über ihm war nur noch gedämpft zu hören. In diesem Moment wurde ihm klar, woher es rührte. Es war die Erde, die Angehörige bei einer Beisetzung auf den Sarg warfen. Auf den Sarg, in dem er soeben mit der Leiche begraben wurde.

Braunschweig:

Ulrich Borchers

DER BESSERE MANN

„Am Sonntag findet in einer der Galerien in der Innenstadt eine Vernissage statt. Willst du mit?"
Verniwas? Da war doch was? Benno legt das Brötchen auf dem Teller ab. „Kunstausstellung, nicht wahr?"
Irene seufzt. „Ja, Kunstausstellung. Hatte dir davon schon mal erzählt. Ein regionaler Künstler. Sehr vielversprechend."
„Genauso solch buntes Zeug wie das Bild, das jetzt in unserem Flur hängt?", fragt Benno.
Irene stellt die Kaffeetasse geräuschvoll ab. „Zeug? Zeug? Ich habe dir stundenlang erklärt, dass es ein Original einer der ambitioniertesten Künstlerinnen Niedersachsens ist. Ihr Werk ist transzendent und bedient sich in seiner Schlichtheit der Freiheit der modernen Form. Und dennoch wird uns durch die animalische Botschaft ihres Werks die Entfremdung der Moderne schonungslos vorgeführt."
Benno schaut sie fassungslos an: „Mensch Irene, was erzählst du denn da überhaupt? Du hörst dich ja wie ein lebender Kunstkatalog an. So hast du doch früher nicht geredet."
Irene streicht durch ihr Haar und schaut zum Küchenfenster hinaus. Wie sie da so sitzt, staunt Benno trotz des schmalen Mundes und der Falten auf ihrer Stirn immer noch über

ihre Schönheit. Immer noch. Zeitlos. Ich bin mit einer zeitlos schönen Frau verheiratet, denkt er sich. Seit fast dreißig Jahren. Mit seiner Bemerkung gerade eben hatte er sie wohl verletzt. Das wollte er nicht. Als er sich entschuldigen will, dreht sie sich um und meint mit Bestimmtheit: „Ich habe mich weiterentwickelt."

Benno hört den Nachsatz, der unausgesprochen im Raum schwebt: ‚Und du dich nicht.' Warum sollte er auch? Wozu etwas ändern, das gut ist?

„Es tut mir leid. Ich mag diesen Kram eben nicht so wie du. Da geht es mir wie dir mit meinem Fußball. Und, nein, ich komme nicht mit. Du weißt doch, dass die Löwen am Sonntag spielen."

„Ach ja, in dieser Liga spielt man ja wieder am Sonntag. Ist doch so nach dem Abstieg, oder?"

„Nicht grundsätzlich, aber ja, da gibt es mehr Sonntagsspiele."

Der Rest des Frühstücks ist Schweigen. Seine Frau konnte seine Liebe zu den Löwen noch nie teilen, aber sie hatte ihm dieses Hobby niemals madig gemacht. Und den Spielplan kannte sie genau. Ihre Frage, ob er sie begleitet, war daher nur rhetorisch. Insgeheim freute er sich über das aufkeimende Interesse seiner Frau an kulturellen Veranstaltungen. Zu Konzerten begleitete er sie sogar ab und zu, wenn es nicht ausgerechnet klassisch zuging. Hauptsächlich nutzte er ihr erwachtes Interesse an Kultur, um ohne schlechtes Gewissen seinen Fußball zu genießen. Es geht dabei natürlich vor allem um seinen Verein Eintracht Braunschweig, aber wenn die Möglichkeit besteht, schaut er auch jedes Spiel an, das sonst noch im Fernsehen übertragen wird.

Irene steht auf. „Ich muss los zur Arbeit. Du hast ja noch ein wenig Zeit. Da kannst du endlich mal den Klempner anrufen. Wird Zeit, dass der Ausguss richtig abgedichtet wird."

„Ich habe dir doch gesagt, dass ich das in Ordnung bringe. Das Werkzeug habe ich schon bereitgelegt."

Seine Frau lächelt ihn an, tritt an Benno heran und streichelt ihm über den Kopf. „Ach Schatz, lass uns heute nicht streitend auseinandergehen. Du weißt doch genau, wie sehr du Theoretiker bist. In deinem Job ist das ja prima, aber bitte, bitte lass es diesmal einen Fachmann erledigen. Denk doch mal dran, als ich das letzte Mal fast geröstet wurde. Tschüss, bis heute Abend."

Benno trinkt schmollend seinen Kaffee, wobei er insgeheim zustimmt, dass seine letzten handwerklichen Versuche nicht so erfolgreich gewesen waren. Damals hat er hoch und heilig versprochen, zukünftig die Finger von der Elektrizität zu lassen. Da hatte ihm die Episode in der letzten Woche doch ein wenig Angst gemacht. Zum Glück flog die Sicherung raus, ansonsten wäre es mit Irene und der Küchenmaschine nicht so glimpflich ausgegangen. Aber interessant, zu wissen, dass Haare tatsächlich vom Kopf abstehen können. Klempnerarbeiten sind dagegen wirklich was völlig anderes. Obwohl … Der Wasserschaden vor vier Jahren war auch nicht ohne.

Am Sonntag ist fast alles wieder vergessen.

Irene ist gutgelaunt zur Vernissage „Ein anderes Blau im Rot" aufgebrochen. Bevor sie ging, gab sie Benno einen Kuss und ein „toi toi toi" für seine Mannschaft. Im Stadion ist er fast euphorisch. Nach mäßigem Start haben die Braunschweiger die Kurve gekriegt und beherrschen den Gegner nach Belieben. Vielleicht wird es doch noch etwas mit dem Aufstieg! In die 1. Liga, da wo sie hingehören, um diese Hannoveraner wieder in ihre Schranken verweisen zu können. Wenn die Gegner nicht sogar absteigen werden, was in dieser Saison gar nicht mal so unwahrscheinlich ist. Das wär natürlich noch besser.

Nach dem gewonnenen Spiel kommt Benno gutgelaunt zurück nach Hause. Voller Adrenalin macht er sich an die Abflussrohre. Eine Stunde später hat er mittels Notruf für den nächsten Tag mit einem Klempner einen Termin abgemacht.

Kurz darauf kommt Irene, schaut in die Küche und sagt zu ihrem etwas verschämt dasitzenden Mann: „Ach Benno."

Montags im Betrieb ist der Sieg der Eintracht Gesprächsthema Nummer Eins. Benno sitzt gut gelaunt in seinem Büro, als ein Kollege hereinschaut.
„Du Benno, ich war gestern auf einer Vernissage. Marion hat mich mitgeschleppt. Manchmal wär ich gern farbenblind, aber ihr hat es gefallen. Irene war auch da. Wo warst du denn?"
„Ich hatte mehr Glück: ‚Wir sind Eintracht!' Im Stadion ging es mir besser als dir armen Sau. Ein anderes Blau im Rot. Ich bitte dich!"
„Stimmt schon. Aber neulich beim Konzert warst du auch nicht dabei. Und Marion hat mir auch von anderen Veranstaltungen erzählt. Ich würde dir empfehlen, deine Frau mal bei diesen Events zu begleiten."
„Was meinst du denn damit?
„Du hast eine attraktive Frau, Benno. Begleite sie in Zukunft einfach mal öfter." Mehr war aus Jörg einfach nicht rauszuholen.
Ab jetzt gestaltet Bennos Arbeitstag sich etwas schwieriger. So intensiv wie heute hatte er tagsüber noch nie über seine Ehe nachgedacht. Und abends sitzt er dann im Wohn-zimmer und kann sich kaum auf den Film konzentrieren. Ständig wandert sein Blick zu seiner Frau. Sein Herz rast. Hat er überzogen? Was hat Jörg bloß gemeint? Zum ersten Mal seit Jahren spürt er, dass Liebe etwas mit Verlustangst zu tun hat.

„Ach übrigens, Mittwochabend bin ich auf einer Ausstellung in der Liebherr Galerie. Da läuft doch Fußball im Fernsehen, oder?", fragt Irene.
„Ja, aber dieses Mal begleite ich dich. Ich möchte mich ein wenig mehr einbringen in deine Hobbies."
Irene dreht sich zu ihm um und zieht überrascht eine Augenbraue hoch. „Na denn", antwortet sie nur.

Metallklumpen, eindeutig ein Metallklumpen. Fassungslos steht Benno in dieser mit Flutlicht bestrahlten Halle vor dem Kunstwerk „Postapokalyptischer Fahrradfahrer“.
Er nimmt einen kräftigen Schluck Sekt und versucht krampfhaft, Klingel, Pedale, Kette oder zumindest einen Menschen zu entdecken. Er sieht tatsächlich nur einen schlampig zusammengeschweißten Metallklumpen. Achttausendfünfhundert Euro. Schnäppchen, denkt er sich und trinkt sein Glas auf Ex. Jörg tritt neben ihn und flüstert: „Den Typ da, der bei Irene steht, den würde ich mir an deiner Stelle mal genauer ansehen.“
Benno schlendert zu den beiden hinüber, die vor einem großflächigen Bild stehen, und postiert sich knapp hinter ihnen. Irene hängt an den Lippen des großgewachsenen Kerls. „Hier setzt sich der Künstler mit dem Naheliegendsten auseinander, Veränderung des Sichtbaren durch Farbe und dessen Wirkung. Wie Hughes sagt, geht es nicht um Handwerk, sondern allein um die Konzeption. Transzendent.“
Jetzt weiß Benno zumindest, woher seine Frau ihr neues Vokabular hat. Er betrachtet den Unbekannten näher. Der Typ ist nicht nur sehr groß, sondern auch sehr schlank. Unwillkürlich zieht Benno seinen Bauch ein. Geschmackvolle Kleidung, sitzt wie angegossen. Benno versucht, sich daran zu erinnern, worauf Frauen bei Männern sonst noch achten. Schuhe und Hände – auch eins-a welliges Haar. Mist, sogar toller Haaransatz. Benno glaubt, seine hohe Stirn zu spüren. In diesem Moment bemerken ihn die beiden. „Pascal, das ist mein Mann Benno. Ich hatte dir doch schon von ihm erzählt. Benno, das ist Pascal Liebherr, unser Gastgeber“, sagt Irene.
Du und schon erzählt, hoppla, denkt sich Benno.
Pascal schaut grinsend auf ihn herab. „Ach Benno, der berühmte Braunschweig-Fan. Sehr erfreut.“

„Ja, Fußball, aber damit können Sie vermutlich nichts anfangen, oder?“, kontert Benno.

„Ganz im Gegenteil“, mischt sich Irene ein. „Pascal ist heißer Kandidat auf einen Vorstandssitz bei Hannover 96.“

Benno kocht. Ausgerechnet bei Hannover, dem Erzfeind. Reicht es denn nicht, dass dieser Typ so gut aussieht und auf Kunst steht?

„Oh, seh' ich da Zornesröte? Keine Sorge, ich bin keiner, der Öl ins Feuer gießt. Gesunde Konkurrenz ist gut, aber die Ausschreitungen bei den Derbys verurteile ich scharf. Wissen Sie überhaupt, dass die Rivalität der beiden Städte bis ins Mittelalter zurückreicht? Aber wir Gentlemen kommen damit klar, oder?“

Der Typ reicht Benno wie einem alten Freund die manikürte Hand.

Ohne, dass er es will, reicht ihm Benno die seine.

Wie macht der das nur?, fragt er sich, als er merkt, dass er jetzt auch noch lächelt, ohne es zu wollen. Charmanter Schweinehund, ist das nächste, das er denkt.

Den gesamten Abend hängen Leute um Pascal herum, die begeistert lachen oder sogar klatschen, wenn er etwas über die Kunstwerke zum Besten gibt. Alle buhlen um seine Aufmerksamkeit, und jeder fühlt sich von ihm allein wahrgenommen. Und Irene gehört zu den vielen Frauen, die diesen Mann förmlich anhimmeln. Benno glaubt zu beobachten, dass der Beau seiner Frau die größte Aufmerksamkeit schenkt.

Der Abend ist eine Katastrophe. Als dieser Pascal Benno schließlich darauf anspricht, dass er ihn um die Aussicht von seinem Büro auf das Happy Rizzi House beneidet, antwortet Benno, ohne dass er es will: „Ein Blick auf den Brunswicker Löwen wäre mir lieber. Aber immerhin hat mir mein Chef für den Ausblick eine Erschwernisprämie zugebilligt.“

Danach ist er bei allen Kunstliebhabern unten durch.

„Na Benno, du Löwenliebhaber, war das nicht eine wahnsinnig interessante Ausstellung? Und dieser Pascal Liebherr ist doch der Knaller, oder?“, fragt Irene auf dem Heimweg.

Benno antwortet nicht.

„Na, du hast ja heute Abend wieder Sprechpillen genascht. Aber es ist schön, dass du heute mit dabei warst."
Benno fragt sich, was für seine Frau an diesem Abend so schön war. Die Möglichkeit, einen Vergleich zwischen diesem Liebherr und Benno zu haben? Strahlt die Sonne nicht schon hell genug, ohne dass man eine Funzel daneben stellt?
In der Nacht kann er kein Auge schließen. Das Mondlicht strahlt auf die Schulter und das Haar seiner Frau. Sie hat die Bettdecke nur halb über ihren nackten Körper gezogen. Benno begehrt sie in diesem Moment wie schon seit Jahren nicht mehr. Meine Schöne, denkt er, und dass er sie verlieren wird, denkt er auch. An den Anderen. Den besseren Mann.
Er dreht sich um und schaut zum Mond, als ob der weiß, auf welchem Gebiet er diesen Schönling ausstechen könnte. Die Antwort kennt Benno selbst: Auf keinem! Er will Irene nicht verlieren, so wie dieser Pascal wird er jedoch niemals werden können. Also muss der Typ weg. Mit diesem grimmigen Gedanken findet Benno endlich in den Schlaf.

In der Zeit darauf entwirft er ausgefeilte Pläne, auf welche Weise er seinen Nebenbuhler möglichst spektakulär um die Ecke bringen könnte. Pläne schmieden beherrscht Benno. Inzwischen hat er von Irene einiges über diesen Typen in Erfahrung bringen können. Nur über dessen Privatleben erzählt sie nichts. Das überzeugt Benno noch mehr davon, dass sich zwischen den beiden etwas anbahnt. Er sieht ihn jedenfalls auf den nächsten Events nie mit fester Partnerin, aber stets wuselt Irene um ihn herum. Keine Chance, denkt Benno sich, dieser Schönling wird ihm seine Frau nicht wegnehmen!
Beim Frühstück bringt Irene Benno auf die entscheidende Idee.
„Es wird dich interessieren, dass es mit dem Vorstandsplatz in Hannover nichts für Pascal wird. Das freut dich doch, oder?"
„Nein, ganz im Gegenteil", behauptet Benno eilig. „Das muss

doch schrecklich für den Armen sein. Also ich wäre an seiner Stelle verzweifelt."
„Nicht alle sind so fußballverrückt wie du. Er hat auch noch andere Interessen und wird das schon wegstecken."
„Du solltest das nicht so runterspielen. Solche Menschen sind es nicht gewohnt zu verlieren. Es schmerzt sie. Hoffentlich macht er nichts Unüberlegtes."
„Benno, erzähl doch nicht solchen Mist."

Zufrieden nimmt Benno wahr, dass Irene dennoch irritiert wirkt. Inzwischen sind ihm die Abläufe der Veranstaltungen in der Liebherr Galerie bekannt, sodass er minutiös planen kann. Der Gastgeber bleibt nach dem Ende der Veranstaltung immer noch ein Stündchen, um die Eindrücke zu verarbeiten, wie er es selbst nennt, und trinkt noch einen Absacker. Dann der abschließende Beruhigungstee. Der wird ihn diesmal mehr als erwartet beruhigen.
Alles wurde von Benno positioniert, und keines der Dinge lässt sich auf ihn zurückführen. Er hat die Sachen in der Nähe der Galerie vorsorglich so versteckt, dass sie im Leben nicht gefunden werden. Das nicht nachzuweisende Betäubungsmittel. Und als Highlight den Hannover-96-Schal. Der entgangene Vorstandplatz ist natürlich die Niederlage, die Benno diesem Erfolgsmenschen am ehesten gönnt. Einen Abschiedsbrief wird es nicht geben. Die ermittelnden Beamten werden wohl so schlau sein und bei einem Winner-Typen Verzweiflung über eine persönliche Niederlage als Motiv für einen Selbstmord als ausreichend annehmen. Sogar den Knoten für die Schlinge am Schal hat Benno gegoogelt. Der ist bei Belastung durch Körpergewicht nicht selbst zu lösen. Das Betäubungsmittel sollte an sich ausreichen, doch Benno will lieber auf Nummersicher gehen. Eventuelle Panikhandlungen dürfen das Ergebnis nicht gefährden.

Zunächst wird er im Stadion sein und anschließend in die Galerie eindringen. Das wird seine Rückkehr nach Hause nicht wesentlich verzögern.
An dem Nachmittag des Tages, als es endlich soweit ist, verabschiedet sich Irene: „Schade, dass du heute nicht mit zur Ausstellung kommst. Irgendwie bist du schon den ganzen Tag fahrig. Wichtiges Spiel?“
„Nein, es geht mir nur einiges durch den Kopf. Aber bald ist alles wieder gut.“
Irene nimmt Benno in den Arm. „Ich hab schon gemerkt, dass dir in letzter Zeit was auf der Seele liegt. Ich denke, wir sollten uns morgen mal unterhalten.“
Benno hat einen Kloß im Hals. Nun ist es also soweit, denkt er, als seine Frau das Haus verlassen hat. Morgen wird sie es ihm sagen. Also schnell noch mal proben!
Er hat die Länge des Schals, die Größe Pascals, die Höhe des Raumes und des Hockers bereits genau ausgemessen. Doch er muss auf Nummersicher gehen. Zu oft gingen seine „handwerklichen“ Aktivitäten bisher schief. In der Küche sind die Verhältnisse vergleichbar mit dem Büro in der Galerie, in dem es passieren wird. Der Raum dort ist ebenfalls fünfzehn Zentimeter höher.
Er nimmt seinen Eintracht-Schal, knotet ihn wie den anderen und steigt auf den Küchenstuhl. Passt! Als er heruntersteigen will, hört er es knacken.
Oh, das ist der Küchenstuhl, den ich neulich geleimt habe, ist sein letzter Gedanke.

„Mein Gott, so schlecht hat die Eintracht doch gar nicht gespielt in letzter Zeit, Chef!“
„Müller, erzählen Sie doch nicht solchen Quatsch. Hier ist nix mehr zu tun für uns. Eindeutiger Fall von Selbstmord. Haben Sie der Frau psychologische Hilfe angeboten?“, fragt der ermittelnde Beamte. „Sie hat wohl jemanden, der sich gut um sie kümmern wird.“

Irene sitzt völlig verzweifelt im Wohnzimmer, als das Telefon klingelt.
„Hallo Pascal, ja, es wäre gut, wenn ihr vorbeischaut. Danke, bis gleich."
Pascal ist inzwischen so etwas wie ihre beste Freundin geworden. Er war gestern sehr glücklich, als sein Mann Peter endlich von einem Auslandsaufenthalt nach Braunschweig zurückgekehrt ist.

Wie soll Irene bloß ohne ihre große Liebe, ohne Benno, leben? Weshalb hat er sich das angetan? Weshalb hat er Irene das angetan? Sie waren doch glücklich miteinander! Irene hat seine kleinen Fehler sehr geliebt. Wie oft mussten sie gemeinsam lachen, zum Beispiel, als die Toasts aus dem von ihm reparierten Gerät einen Meter hochflogen und ihre Haare zu Berge standen. Irene weint.
„Ach Benno, warum ging ausgerechnet bei deinem dämlichen Selbstmordversuch nichts schief?"

Lüneburg

Marina Heib

FAMILIENBANDE

Hier sitze ich. Ein Mann von 34 Jahren. Mein Leben ist vorbei. Ich habe nichts zu gewinnen. Nichts zu verlieren. Hier sitze ich und warte. Ohne zu erwarten. Ich habe kein Recht mehr, etwas zu erwarten. Von niemandem. Schon gar nicht von Christine. Bei unserem letzten Treffen habe ich ihr den Arm mehrfach gebrochen. Über zwei Jahre ist das jetzt her. Seitdem haben wir uns nicht gesehen und nicht gesprochen. Wie lange braucht man, um zu verzeihen? Wie lange braucht man, um zu verstehen? Wie lange, um zu vergessen?

Gleich kommt sie mich besuchen. Christine, meine schöne, große Schwester. Ich freue mich auf sie, sitze im Park auf der Bank, gewaschen und rasiert. Kurt, mein Mitbewohner, hat gesagt, ich hätte zu viel Rasierwasser aufgetragen. Aber das meiste wird von der feuchten Herbstluft durch den Park hinweg getragen. Vom Winde verweht.
Ich zupfe an meinem weißen Hemdkragen. Wieder und wieder. Das mache ich immer, wenn ich nervös bin. Zupfen. Das ist eine Übersprungshandlung, sagt Doktor Meyer. Nichts Schlimmes. Ich will gut aussehen. Anständig. Christine legt großen Wert auf Anstand. Und ich will gut riechen. Das letz-

te Mal, als ich bei Christine war, roch ich nicht gut. Ich habe nach Alkohol gerochen. Das hasst sie.

Ich sitze hier und warte. Ein Eichhörnchen klettert die schon halb entlaubte Buche links neben mir hoch und verschwindet in der Baumkrone. Hoffentlich kommt Christine bald. Ich fange nämlich an zu grübeln. Dabei soll ich das nicht, sagt Doktor Meyer. Aber manchmal muss ich, ich muss einfach. Und ich frage mich wieder und wieder, wäre nicht alles, wirklich alles ganz anders, wenn Christine damals gelogen hätte und nicht Martin?
Nein, das stimmt nicht. Ich muss damit aufhören. Ich würde trotzdem hier sein, seit knapp über zwei Jahren. Zum Fenster hinaus starren, im Park spazieren gehen, meine Schuhe und meine Oberbekleidung den Jahreszeiten anpassen, der Sonne zusehen beim Aufgehen, beim Wandern und beim Untergehen, dem Regen und dem Schnee und den Eichhörnchen und den Vögeln und gegen den alten Sabberkopf von nebenan Schach spielen, tagein, tagaus.

Aber es geht doch darum, dass ich es verstehe. Auch wenn ich davon Kopfschmerzen bekomme. Wenn ich genau wüsste, wer gelogen hat, dann wäre alles klarer. Auch der Umzug damals. Warum Mutter mich, als ich sieben war, eines Morgens überraschend aus der Schule holte und in ein mit Koffern beladenes Taxi schubste, um bis auf Weiteres bei Oma im Wendland zu wohnen, weg von der Lüneburger Heide, weg vom heimatlichen Hof bei Undeloh, vom lieblichen Zuhause zwischen Heidschnucken, Heidelbeeren, Wimpernmoos und Wacholder. Düster war´s im Wendland, und „bis auf Weiteres“ dehnte sich aus bis in alle Ewigkeit. Mutter verstummte immer mehr, und Oma war taub. Ich wuchs auf in einem schwarzem Schatten aus Tannen und Schweigen. Den Vater und meine beiden älteren Geschwister Christine und Martin durfte ich nie wieder besuchen, nicht mal in den Ferien.

Die Fragen formulieren sich immer wieder neu, Bilder tauchen unvermittelt auf. Von Mutters Beerdigung, die zwei Monate nach Oma starb, zerfressen von Krebs. Ein eisiger Winter brachte die Tannen zum Bersten, die Luft klirrte. Die Erde für das Grabloch musste mit der Spitzhacke aufgebrochen werden. Vater, Christine und Martin waren ins Dunkeldorf gekommen und wohnten der Beerdigung tränenlos bei, mit Mienen, hart gefroren wie der Boden. Ich sehe die Bilder, als wäre es gestern gewesen. Wie sie mir, dem inzwischen 17jährigen Bruder unbeholfen die Hand gaben. Wie fremd wir uns waren. Wie Martin meine zwei Koffer trug und ich zu ihnen in den Lieferwagen stieg. Zurück in die Lüneburger Heide, zurück ans Licht. Welch ein Irrtum. Noch ein seltsam stummes Jahr, das ich bis zum Abitur auf unserem alten Hof verbrachte. Martin, der sich nur um den Hof und seine Malerei kümmerte, nie um mich, auch wenn ich oft seinen beobachtenden Blick spürte. Der abweisende Vater, der ebenfalls so tat, als existierte ich nicht. Nur Christine, Christine war Licht und Wärme, und manchmal lachte sie sogar. Sie bemühte sich um mich. Peitschte mich durchs Abitur, überredete mich zum Studium in Berlin. Schnell wieder weg vom Hof, ganz weit weg, fand sie. Auch sie wollte immer weg, am liebsten nach Paris. Als Sängerin. Sie hatte eine schöne Stimme. Bis nach Paris ist sie dann aber doch nicht gekommen, nur bis nach Lüneburg, wo sie nach Vaters Tod den Geschäftsführer eines großen Autohauses geheiratet hat. Ich kam aus Berlin zur Hochzeit, mit meiner Freundin. Damals ging es uns noch gut. Christine schien es auch gut zu gehen. Sie war nur traurig, weil Martin nicht zur Hochzeit gekommen war. Das war nicht anständig von ihm. Dann ließ Christine ihren Mann ein Wochenendhaus bauen. Auf dem alten Familiengrundstück bei Undeloh, direkt neben dem Hof. Den Martin immer noch bewirtschaftete, statt sich auf Vernissagen feiern zu lassen.

Ich grübele und grübele, dabei soll ich das wirklich nicht. Erst wenn ich meine Schuld akzeptiere, wird alles gut. Das will ich. Ich will verstehen, warum ich geworden bin, was ich bin. Ein Monster.

Bald kommt sie. Ich sitze in Lüneburg im Park, schnippe ein zufällig gelandetes Buchenblatt von meiner Hose – und warte. Ich werde immer nervöser. Zupfe und zupfe. Über zwei Jahre ist es her. Dass sie mich eines Abends in Berlin angerufen hat. Sie war in ihrem Wochenendhaus bei Undeloh und sorgte sich um Martin. Sie wollte unbedingt, dass ich komme. Nach Hause, hat sie gesagt. Ich hatte keine Ahnung, worum es ging und wieso ausgerechnet ich eine Hilfe sein sollte. Aber die beiden waren meine Familie. Und Christine hatte mich das Lachen gelehrt. Also fuhr ich hin.

Es war ein lauer Spätsommerabend, als ich eintraf. Christine holte mich mit einem gelben Cabriolet vom Bahnhof in Lüneburg ab und brachte mich nach Hause. Was für ein Klang. Nach Hause. So verheißungsvoll, so kostbar, so voller Sehnsucht. Nach einem weit entfernten, fremden Land, wo Milch und Honig fließen. So weit entfernt, dass man es nie erreichen kann. Wie die Schatzinsel. Oder El Dorado. Oder Shangri La.
Ihr Wochenenddomizil auf dem Hofgelände war ein kleines, aber schickes, modernes Haus mit allem Komfort. Der verwitterte Hof gegenüber schien ein Relikt aus vergangenen Zeiten.
Christines Mann war nicht da. Er verbringe seine freie Zeit lieber in Lüneburg, sagte sie. Er könne das Land nicht ausstehen, sagte sie. Den Geruch und das Getier. Als ich nach Martin fragte, meinte sie nur, er male nicht mehr, trinke nur noch. Ich solle mir selbst ein Urteil bilden. Ich nickte, war mir aber nicht sicher, wie ich es finden sollte, von ihr ausgerechnet mit diesem Problem konfrontiert zu werden.

Ich legte meine Reisetasche in ihrem Gästezimmer ab, dann gingen wir rüber zum Hof. Einige Balken des Fachwerks waren angefault, die Vorderwand wirkte schief und schien sich gesetzt zu haben, das Reetdach war fast schwarz und rottete vor sich hin. Im Haus roch es feucht, nach Pilzen und Schimmel. Die Fensterscheiben waren so verdreckt, dass sich das Licht der untergehenden Sonne keinen Weg ins Innere bahnen konnte. Überall lagen schmutzige Klamotten, vor Dreck starrende Handtücher und leere Wein- und Schnapsflaschen herum.

Martin war nicht da, aber man hörte ihn hinter dem Haus Holz sägen. Ich wollte ihn begrüßen gehen, doch Christine hielt mich ohne Begründung davon ab. Sie brachte etwas Ordnung in die Küche, wischte über die Arbeitsplatte und bereitete ein Essen für drei zu. Ich deckte unter ihren Anweisungen den Tisch. Martin kam spät dazu, schmutzig von der Arbeit draußen. Er klopfte sich Sägespäne von der Cordhose, begrüßte mich mit mürrischem Kopfnicken und öffnete eine Flasche Rotwein. Dabei hielt er kurz inne und fragte mich, ob es in Ordnung sei, wenn er trinke. Ich nickte. Immerhin war ich seit einem Jahr trocken. Es störte mich nicht mehr, wenn andere in meiner Gegenwart tranken. Ich hatte es im Griff. Christine murmelte etwas von einer schlimmen Zeit. Ich dankte ihr für die Briefe, die sie mir in die Entzugsklinik geschickt hatte.

Dann aßen wir. Martin trank. Schon bald fing er mit Christine zu streiten an. Wegen irgendeiner Nichtigkeit. Ich hatte keine Ahnung, worum es ging. Ich fühlte mich unwohl. Martin verhielt sich sehr aggressiv, Christine sanft. Sie bemühte sich um einen Themenwechsel, forderte Martin auf, mir seine Bilder zu zeigen. Martin wollte nicht, doch ich insistierte. Also packte er die inzwischen dritte Flasche Rotwein am Hals und führte mich in den alten Stall, der ihm als Atelier diente.

Die Bilder weinten von den Wänden. Sie waren von obszöner Depressivität, schrien Hass zum Himmel. Martin bemerkte meine Hilflosigkeit, grinste mich an, hob die Flasche und trank sie ohne abzusetzen leer. Man sah nicht einmal eine Schluckbewegung des Kehlkopfs. Er ließ den Wein einfach in sich hineinlaufen. Ich weiß noch, wie ich an seiner Stelle schluckte, ganz so, als könne ich dadurch etwas davon abhaben.

„Wusstest du, dass Vater Christine und mich zum Ficken gezwungen hat? Chris war zwölf beim ersten Mal, ich vierzehn. Er hätte es bestimmt lieber selbst gemacht. Aber er hat ja schon früh keinen mehr hoch gekriegt", sagte er beiläufig.

Ich starrte ihn fassungslos an.

Martin lachte heiser und warf die leere Flasche achtlos in eine Ecke, wo sie zerschellte.

„Was glaubst du, warum Muttchen damals mit dir abgehauen ist? Du hättest ihr Gesicht sehen sollen, als sie an dem Morgen in den Stall kam. Wir waren gerade voll dabei. Unter väterlicher Aufsicht und Anleitung, versteht sich. Weiß ist sie geworden wie frische Milch. Dann ab Koffer packen. Sie wollte deine unschuldige Seele retten. Vor der verdorbenen Brut. Für Christine und mich war es zu spät, wir waren des Teufels. Danke, Mama!"

Lachend ging er hinaus. Er ließ mich einfach stehen.

Christine war schon in ihrem Haus. Sie erklärte mir weinend, dass kein Wort von dieser obszönen Geschichte wahr und Martin hochgradig paranoid sei. Dass es immer schlimmer mit ihm werde und sie nicht wisse, was sie noch tun solle. Deswegen hatte sie mich hergebeten. Damit ich mal mit ihm reden könne. Wie gefährlich das Trinken sei, und das mit dem Delirium tremens und den weißen Mäusen und so. Ich würde mich doch damit auskennen. Und auch mit dem Entzug. Er würde immer nur wütend werden, wenn sie das Thema ansprach.

Am folgenden Abend wollten wir gemeinsam in Christines Haus essen. Martin kam wieder zu spät, unter dem Arm eine Kiste Wein. Mehr weiß ich nicht mehr. Nur, dass mir irgendwann schwarz vor Augen wurde. Ich kann mich nicht erinnern, etwas anderes als Wasser getrunken zu haben. Nur noch, dass die Schwärze langsam einem schmierigen, klebrigen Rot wich. Als jemand an mir rüttelte und mir Handschellen anlegte. Als ich ganz in Rot Martin liegen sah. Und ein blutiges Beil neben seinem gewaltsam geöffneten Körper. Als ich Christine weinen hörte, während jemand ihr Fragen stellte, die ich nicht verstand.

Über zwei Jahre ist das her. Seitdem bin ich hier, auf Station drei der KFPP, der Klinik für Forensische Psychiatrie und Psychotherapie in Lüneburg. Es ist sehr hübsch hier. Ein riesengroßes, parkähnliches Gelände im Osten der Stadt mit einem See, altem Baumbestand und denkmalgeschützten Häusern aus der Gründerzeit. Zuerst habe ich mich gewehrt, getobt. Ich wollte es nicht glauben. Ja, ich war früher ein gewalttätiger Trinker gewesen. Hatte meine Freundin häufig windelweich geprügelt, bis sie mich endlich verließ, Und ja, ich hatte im Suff ein Kind totgefahren.
Aber warum hätte ich Martin erschlagen sollen? Nicht mal vor Gericht wollte ich es glauben. Als Christine tränenerstickt alles erklärte: Es war der Alkohol. Ein Rückfall. Ich habe wohl versucht, mit Martin zu reden. Dann habe ich mit ihm getrunken. Wir haben gestritten. Mehr getrunken. Uns geprügelt. Ich bin ausgerastet, habe das Beil genommen, das neben dem Kaminofen auf dem Holzstapel lag. Christine war dabei. Sie wollte dazwischen gehen. Um Schlimmeres zu verhindern. Sie habe ich auch geschlagen. Mit der Faust. Sie ist gestürzt, dabei brach ihr Arm. Dann ist sie weggelaufen, Hilfe holen. So war es. So muss es gewesen sein.

Je länger ich darüber nachgrübele, und das tue ich, seit ich hier bin, und währenddessen wechseln die Jahreszeiten, die Blätter an den Bäumen verfärben sich und fallen ab und knospen und blühen und verfärben sich, und die Sonne geht auf und unter,

und es regnet, und es schneit, und ich spiele Schach mit dem Sabberkopf von nebenan, und die Eichhörnchen klettern die Buchen im Park rauf und runter, desto logischer erscheint es mir. Das verwüstete Zimmer, das Blut überall, Christines mehrfach gebrochener Arm, ihre blauen Flecken, meine Fingerabdrücke am Beil.
Doktor Meyer vermutet, ich habe unbewusst meinen Vater erschlagen wollen. Weil er sich nie um mich gekümmert hat. Oder ich wollte mit einem Schlag meine ganze Familie auslöschen, ein für allemal erledigen. Weil die Familie mir kein Zuhause gegeben hatte. Und erinnern an den ganzen Vorgang kann ich mich bloß nicht, weil ich es tief drinnen nicht will. Ich ertrage meine Schuldgefühle nicht und flüchte mich ins Vergessen. Wenn ich das endlich einsehe und mich öffne, kann Doktor Meyer mir helfen.

Endlich, da kommt Christine. Zum ersten Mal, seit ich hier bin. Doktor Meyer hat lange verboten, dass sie mich besucht. Ich nehme an, Christine hat sich nur zu gerne an das Verbot gehalten. Aber jetzt ist sie da. Sie nähert sich leichtfüßig, mit wippenden Schritten über den Weg durch die Bäume kommt sie auf mich zu. Sie sieht gut aus in ihrem schiefergrauen Kostüm mit dem flatternden, cremefarbenen Herbstmantel darüber. Auf dem Kopf trägt sie ein buntes Seidentuch, das sie um den Hals geschlungen hat. Schön und elegant wie Grace Kelly sieht sie aus, als die in diesem alten Film neben Cary Grant in einem Cabrio durch Südfrankreich fuhr.

Christine lächelt. Sie umarmt mich und küsst mich auf die Wange, setzt sich zu mir auf die Bank. Sie riecht ganz frisch, wie eine Sommerbrise voller Blütenduft, obwohl es doch modriger Herbst ist. Sie sagt, dass ich gut aussehe. Ich bin erleichtert. Ich habe Angst gehabt. Dass sie böse auf mich ist. Mich hasst. Nur gekommen ist, um mir das zu sagen. Wie sehr sie mich hasst. Sie hat allen Grund. Aber sie lächelt.

Sie fragt mich, wie es mir geht. Mir geht es gut. Ich mache Fortschritte. Kleine Fortschritte. Ja, das Essen ist gut. Man wird nett behandelt hier. Die Pfleger sind freundlich. Ich frage sie, wie es ihr geht. Ihr geht es auch gut. Sehr gut. Sie ist glücklich, sie strahlt. Sie zeigt mir ein Foto. Christine hat einen Sohn. Er ist gerade zwei Jahre alt geworden. Ich hatte keine Ahnung, dass ich Onkel bin! Ich freue mich. Dann rechne ich nach, und mir wird klar, dass Christine schwanger war, damals … als ich ihr den Arm brach. Ich beginne zu weinen. Christine tröstet mich. Dem Baby ist sei ja nichts passiert. Sie hat den Jungen Martin genannt, in Erinnerung an unseren Bruder, den ich mit dem Beil erschlug. Ob ich meinen Neffen mal sehen kann? Christine verspricht, ihn das nächste Mal mitzubringen. Heute hat sie mir zwei Apfelsinen mitgebracht. Sie nimmt sie aus ihrer Handtasche und legt sie neben mich auf die Bank. Christine weiß, dass ich Apfelsinen mag.

Ich frage sie nach ihrem Mann. Läuft die Ehe jetzt besser, seit das Kind da ist? Kommt er nun auch mal mit in die Heide? Ich breche verlegen ab und erröte und zupfe an meinem Hemdkragen. Wie dumm von mir, sicher fährt Christine seit damals nicht mehr in ihr Wochenendhaus, sicher hat sie es verkauft, um nicht erinnert zu werden an … an … das ganze Rot … Bestimmt lebt sie mit ihrem Mann und ihrem Sohn in der schicken Wohnung in der Lüneburger Altstadt.
Christine sieht mich verwundert an. Sie lebt inzwischen ausschließlich in der Heide bei Undeloh. Neben unserem alten Hof. Das ist ihr Zuhause. Ihr Mann ist ihr egal. Sie hat sich kurz nach Martins Tod scheiden lassen.

Ich verstehe das nicht. Sie schweigt kurz. Dann sagt sie mit einem unvermuteten Trauerflor um die Stimme, mir könne sie es ja beichten. Es sei so unendlich schwer, mit niemandem reden zu können. Kaum jemand hätte Martin gekannt, und die, die ihn wenigstens flüchtig kannten, hätten ihn nicht

gemocht oder bestenfalls als verschroben und unfreundlich abgetan. Dabei wäre er doch ein so wunderbarer Mensch gewesen, bis zuletzt.
Aber dann habe er gewollt, dass sie das Kind abtreibt. Das müsse man sich mal vorstellen, es war schließlich sein Kind! Aber er hat sie erpresst. Hat plötzlich den Moralischen gekriegt, wegen der Blutschande. Sie beide, das sei schon schlimm genug, aber ein Kind aus dieser Sünde, niemals! Wenn sie nicht abtreibe, würde er alles ihrem Mann erzählen. Dann hätte sie das Kind nie und nimmer behalten dürfen. Und es hätte einen Riesenskandal gegeben. Einen Skandal müsse man vermeiden. Unter allen Umständen. Das habe Vater getan, und Mutter damals auch. Martin habe das nicht eingesehen. Aber sie habe nichts so sehr gewollt wie sein Kind. Sie habe Martin doch geliebt. Deswegen hätte sie mich, den kleinen Bruder, damals in Berlin angerufen. Sie hatte meine Hilfe bitter nötig gehabt. Und ich hatte ja auch geholfen. Jetzt solle ich sie wenigstens verstehen, wenn ich ihr schon nicht verzeihen kann. Sie hatte doch an das Kind denken müssen, nur an das Kind.

Christine lächelt nun wieder. Sie meint, Martins Bilder ließen sich seit seiner Ermordung fabelhaft verkaufen. So würde Martin doch noch für seinen Sohn sorgen.

In mir steigt Hitze auf. Ich will etwas fragen, aber es geht nicht. Sie nickt verständnisvoll und tätschelt kurz meine Hand.
„Ich weiß, Kleiner. Es war ganz einfach. Ich habe Wodka in dein Wasser gegossen. Du warst schnell hinüber. Ich kenne trockene Alkoholiker, die kannst du mit einer einzigen Cognacbohne aus den Latschen hauen. Nach vier Gläsern warst du bewusstlos. Martin brauchte viel mehr. Den Rest kannst du dir denken. Wirklich schlimm war, mir selbst den Arm in der Tür zu brechen.“

Ich sage nur zwei Worte: „Warum ich?“
Sie sagt: „Deine Vorgeschichte. Gewalt, Alkohol. Das war perfekt. Außerdem: Wer sonst? Das war doch eine Familienangelegenheit, oder?“

Ich zupfe am Hemdkragen. Das Eichhörnchen huscht vorbei. Christine lächelt mich mitleidig an und legt ihre Hand beschwichtigend auf meinen Unterarm.
„Komm nicht auf dumme Gedanken. Keiner wird dir glauben, mein Schatz.“

Ich ziehe den Arm weg. Ich beginne zu zittern. Ich schwitze. Mein Kragen ist zu eng. Viel zu eng. Das Zupfen nützt nichts. Ich bekomme keine Luft. Es ist heiß. Ich fühle, wie die Hitze aufsteigt, von unten nach oben. Ich weiß, sie wird am oberen Scheitelpunkt über mir zusammenbranden und auflodern und mich explodieren. Dann wird es mich aufspringen, meine beiden Hände um Christines schlanken, seidenbetuchten Hals legen, und es wird Christines Kehlkopf tief in ihren Hals drücken. Ganz tief. Dabei liebe ich sie doch. Hoffentlich bin ich fertig, bevor die Pfleger kommen. Wir wollen nicht gestört werden. Das ist schließlich eine Familienangelegenheit.

Laboe:

Karen Kieback

BLUTFINSTERNIS

Der Schrei durchdringt langsam den Nebel und schwillt sekundenschnell zu einem ohrenbetäubenden Kreischen an, das sich wie eine heiße Nadel in ihr linkes Auge bohrt. Bente Kaup dreht vorsichtig den Kopf und öffnet die Augen. Nur einen Spalt breit. Die Sonne sticht direkt in ihr Gesicht. Das grelle Licht schmerzt, und Übelkeit steigt in ihr auf. Sie schluckt gegen den Brechreiz an und zwingt sich, die Augen offen zu halten. Ihre Umgebung nimmt sie wie durch einen Schleier wahr. Schlafzimmer. Sie liegt im Bett auf der Decke. Langsam hebt Bente den Kopf und blickt an sich herunter. Sie ist bekleidet mit Jeans, Hemd und – Schuhen. Der Pulli fehlt. Sie hat ihn anscheinend ausgezogen. Wann? Bente tastet mit den Händen an ihrem Hosenbund. Die Gürtelschließe ist offen und das Ende des Lederbandes aus der Lasche herausgerutscht. Ihre linke Hand fährt suchend über die Bettdecke. Wo ist ihre Dienstwaffe?

Am Bettende steht eine Frau, ihre Putzfrau, und starrt mit weit aufgerissenen Augen auf die Bettseite neben Bente. Die Frau schluchzt rhythmisch.

Bente folgt ihrem Blick und dreht den Kopf weiter nach links. Ganz langsam, um der Übelkeit zu entkommen. Für einen

Moment vergisst sie ihren Kopfschmerz und reißt den Kopf hoch.
Rot. Blut. Messer. Augen. Kalt. Tot.
Der säuerliche Inhalt ihres Magens ergießt sich schwallartig über die blau-weiß gestreifte Bettdecke.

Alles scheint verkehrt zu sein. Der Boden schwankt unter ihren Füßen. Die Übelkeit ist mittlerweile erträglich, doch der Kopfschmerz hämmert trotz doppelter Dosis Aspirin mit voller Wucht gegen ihre Schläfen. Vor ihr steht ein voller Kaffeebecher, den sie bisher nicht angerührt hat. Kommissarin Kaup schluckt. Normalerweise sitzt sie auf der anderen Seite des Tisches. Und Hauptkommissar Hans Schimmer neben ihr. Heute sitzt er ihr gegenüber, um gegen sie, eine Kollegin der Kieler Mordkommission, zu ermitteln.
„Bente, es sieht, ehrlich gesagt, beschissen für dich aus. Auf dem Messer sind deine Fingerabdrücke. Und wir haben keine Einbruchsspuren gefunden. Aber über zwei Promille in deinem Blut. Ich dachte, die Zeiten deiner elenden Sauferei sind längst vorüber."
Bente weicht seinem Blick aus.
„Deine Pistole lag in der Küche auf dem Tisch." Schimmer atmet geräuschvoll ein, bevor er fortfährt. „Wie besoffen muss man denn sein, dass man seine Waffe ablegt und sich lieber ein Fleischmesser aus dem Holzblock zieht, um seinen schlafenden, wehrlosen Mann abzuschlachten?"
Jetzt springt Schimmer auf und haut mit der Faust auf den Tisch. „Willst du nicht endlich was dazu sagen?" Es klingt mehr wie ein wütender Befehl als eine Frage. „Das passt doch einfach nicht zusammen", brüllt Schimmer und schlägt den Kaffeebecher vom Tisch. Das Porzellan zerbricht, und der Kaffee spritzt über das graue Linoleum.
Bente zuckt zusammen. Nur zu gerne würde sie den Tathergang schildern, doch ihr fällt nichts ein. Leere. Finsternis. Warum sollte sie Florian umgebracht haben?

„Es lief seit Längerem nicht gut zwischen euch. Florian traf sich mit einer anderen, stimmt's?" Schimmer beugt sich über den Tisch zu Bente hinab. Er schlägt einen sanfteren, nahezu verständnisvollen Ton an. „Und da ist bei dir einfach die Sicherung durchgebrannt."
Bente ist sich sicher, dass ihr Kollege Hannes Maurer geplaudert hat. Er ist der Einzige, dem gegenüber sie eine Andeutung gemacht hat.
„Kennst du die Frau?" Schimmers Nasenspitze ist nun ganz nah an Bentes Gesicht.
Bente blickt ihrem Chef in die Augen. „Mann. Florian ist … war bisexuell."

Die Nacht in der Arrestzelle hat nicht unbedingt zu ihrer Beruhigung beigetragen. Stundenlang hat Bente nachgedacht, was passiert sein könnte. Doch außer dem grausamen Anblick ihres toten Mannes, der sich in ihr Gedächtnis eingebrannt hat, scheint jegliche Erinnerung an die Nacht zuvor ausgelöscht zu sein.
Das Knarren der Zellentür reißt sie aus ihren Gedanken. Ein hoch aufgeschossener Typ im grauen Anzug schiebt sich am Vollzugsbeamten vorbei in den schlauchförmigen Raum. Ihr Rechtsbeistand, erinnert sie sich. Der Name will ihr nicht einfallen.
„Guten Tag, Frau Kaup, Sie dürfen gehen", tönt der Anwalt jovial in ihre Richtung.
Bente schaut ihn mit großen Augen an.
„Natürlich nur unter den üblichen Auflagen", fügt er hinzu. „Nicht die Stadt verlassen, tägliche Meldepflicht auf dem Revier. Und Sie sind vom Dienst suspendiert. So lange, bis der Fall geklärt ist. Dienstausweis und Waffe hat man Ihnen ja bereits abgenommen."
Bente schüttelt den Kopf. „Warum? Ich bin doch die einzige, die für meine Kollegen als Täter infrage kommt."
„Tja, da gibt es doch ein paar Ungereimtheiten. Ihr Kollege

Maurer hat ausgesagt, dass er Sie nach Dienstschluss zwar nach Laboe gebracht und vor Ihrer Haustür abgesetzt hat, aber nicht mehr dabei gewesen ist, als Sie sich Zuhause haben volllaufen lassen. Lediglich ein Feierabendbier hätten Sie vorher noch zusammen in der Gaslaterne in Kiel getrunken. Der Wirt hat das bestätigt."

Hannes und Bente hatten weit bis nach Mitternacht in den Katakomben der Polizeidirektion gesessen und Filmmaterial aus Überwachungskameras gesichtet. Danach sind sie noch in ihre Stammkneipe gegangen, die nur zwei Straßen weiter entfernt ist, bevor Maurer Bente nach Hause gefahren hat. Der letzte Bus war da schon weggewesen.
„Und das reicht, um mich auf freien Fuß zu setzen?", fragt Bente.
„Naja, ausschlaggebend ist eher die Tatsache, dass man nur die Fingerabdrücke Ihrer rechten Hand auf dem Griff des Messers gefunden hat. Ihr Chef hat bestätigt, dass Sie Linkshänderin sind. Der Staatsanwalt hat nicht gerade gejubelt, aber sah die Anschuldigungen gegen Sie dadurch ein Stück weit entkräftet", antwortet der Anwalt.
„Dann hat sich also doch jemand Zugang zu unserem Haus verschafft" überlegt Bente.
„Anscheinend", meint der Anwalt. „Den Liebhaber … den neuen Freund von Ihrem Mann. Kennen Sie den?"
„Nein. Florian hat mir nur erzählt, dass sie sich im Harlekin kennengelernt haben."
Der Anwalt blickt sie fragend an.
„Die Schwulenkneipe in der Kirchhofallee in Kiel", ergänzt Bente.
„Wissen Sie, ob Ihr Mann diesem Typen einen Schlüssel zu Ihrem Haus gegeben hat?"
„Nein, doch ja, das weiß ich. Hat er nicht. Einen hat unsere Putzfrau, der andere Ersatzschlüssel hängt am Schlüsselbord im Flur."

Bente lehnt das Angebot ihrer Kollegin Sophie Martens dankend ab, sich von ihr nach Hause fahren zu lassen. Auch wenn sie sich vor dem Betreten des Hauses fürchtet, möchte sie in diesem Moment lieber allein – und unbeobachtet – sein. Es reicht schon, dass Sophie ihr gestern einen Jogginganzug, T-Shirt und Slip aus ihrem Spint geholt hat, als Bente ihre eigene Kleidung der Spurensicherung überlassen musste. Ohnehin hat sie nicht vor, in dem Haus zu übernachten. Nur ein paar Sachen möchte sie holen und sich dann im Ort ein Zimmer nehmen.

Das Taxi biegt in Laboe in den Gorch-Fock-Ring ein und hält vor dem weißen 70er-Jahre-Siedlungshaus, das Florian und Bente vor drei Jahren gekauft haben, nur wenige Meter vom Marine-Ehrenmal und vom Strand entfernt.

Bente drückt dem Taxifahrer den von Sophie geliehenen Geldschein in die Hand und steigt aus. Sie zögert und bleibt vor dem Haus stehen, den Haustürschlüssel fest umklammernd. Und wenn Florian doch den Ersatzschlüssel weitergeben hat? Nein, undenkbar! Das hätte Florian nicht gewagt. Er war trotz allem sehr diskret. Bente hat von Florians Neigungen gewusst. Sie hat seine Aufrichtigkeit zu schätzen gewusst und sich zu keinem Zeitpunkt betrogen gefühlt. Sie hatten einvernehmlich die Abmachung getroffen, dass es in Ordnung sei, solange Florian sie über seine Lover in Kenntnis setzte und diese nicht mit nach Hause brachte. Das würde ihr natürlich niemand abnehmen – nicht die ehrbaren Nachbarn der Siedlung und schon gar nicht die Kollegen von der Mordkommission. Die waren von einem klassischen Motiv überzeugt: Eifersucht.

Als Bente die Haustür aufschiebt, schlägt ihr der strenge Geruch von Desinfektionsmittels entgegen. Bentes erfahrene Nase nimmt dazwischen eine Spur von etwas Metallischem wahr. Blut. Florians Blut.

‚Here comes the sun' – der Klingelton ihres Handys holt Bente zurück in die Wirklichkeit. Sie wischt mit der Hand über ihr tränennasses Gesicht. Wie lange hockt sie schon auf dem Fußboden? Es ist mittlerweile fast dunkel im Haus, trotzdem erkennt Bente das hölzerne Schlüsselbord, das mitten im Flur auf den weißen Fliesen liegt. Sie erinnert sich. Sie hatte den Ersatzschlüssel gesucht und nicht gefunden. Und dann wütend das Bord von der Wand abgerissen.
Das Telefon verstummt. Abrupt springt Bente auf, schnappt sich ihr Handy und zieht eine Jacke von der Garderobe. Hastig durchwühlt sie die Schublade der Kommode und nimmt ihre Geldbörse heraus. Also stimmt es, dass sie nicht sehr betrunken war, als sie nach Hause kam. Ansonsten hätte sie ihre Sachen sicherlich nicht so ordentlich weggelegt. Nur ihre Dienstwaffe ist nicht im Tresor im Schlafzimmer gewesen, wo sie die normalerweise einschließt.
Bente zieht sich die Jacke über und verlässt das Haus. Sie kann sich nicht erklären, dass sie sich eventuell doch sehr betrinken konnte. Seit Schimmer sie vor zwei Jahren wegen Trunkenheit im Dienst nach einer entgleisten Weihnachtsfeier abgemahnt hatte, hat Bente alle härteren Sachen aus ihrem Haus verbannt. Ein paar Flaschen Bier, die üblicherweise im Kühlschrank stehen, können keinesfalls für Bentes Totalausfall verantwortlich sein.
Die Straße endet auf dem Parkplatz vor dem Marine-Ehrenmal. Die dunklen Umrisse des 85 Meter hohen Turms zeichnen sich bedrohlich vom bewölkten Himmel ab. Fast stößt Bente mit einem Nachbarn zusammen, der mit seiner Labradorhündin vom Parkplatz kommt.
„Oh, Frau Kaup", stammelt der Nachbar sichtbar verlegen. „Das mit Ihrem Mann ist ganz schlimm. Weiß man schon, wer das getan hat?"
Mit ‚das' meint er bestimmt den Mord an ihrem Mann. „Nein." Bente möchte bestimmt nicht mit ihrem Nachbarn darüber reden.

„Hätte Ihr Kollege, der Sie nach Hause gebracht hat, das nicht verhindern können?"
„Haben Sie den Kollegen gesehen?"
„Ja, Sie sind mit ihm doch ins Haus gegangen", antwortet der Nachbar.
Bente stockt der Atem. „Wann war das?"
„So gegen vier Uhr dreißig. Ich war mit Ginni draußen, sie war so unruhig. Als ich mit ihr zurückkam, stand der Wagen Ihres Kollegen immer noch vor der Tür. Das war so kurz nach fünf", ereifert sich der Nachbar.
„Was haben Sie noch beobachtet?", fragt Bente hoffnungsvoll.
„Nichts", antwortet der Nachbar etwas enttäuscht. „Tja, dann noch einen schönen Abend." Eilig entfernt er sich mit seiner Hündin Richtung Siedlung.

Bente geht in Richtung Strand. Zwei Wohnmobile stehen am oberen Ende des davor liegenden dunklen Parkplatzes.
Sie aktiviert das Display ihres Handys. Vier entgangene Anrufe – ihre Mutter, ihre Freundin Johanna, zweimal eine Nummer aus der Polizeidirektion. Sie will gerade das Handy wieder einstecken, als erneut der Beatles-Song erklingt. Die angezeigte Mobiltelefonnummer ist ihr unbekannt. Sie nimmt das Gespräch an. „Hallo?"
„Bente?" Trotz des Flüstertons erkennt Bente die Stimme ihres Kollegen Hannes Maurer. „Wo bist du?"
„Auf dem Weg zu … Ich stehe auf dem Parkplatz am Ehrenmal."
„Wir haben einen Tatverdächtigen festgenommen. Florian wurde mit ihm zusammen im Harlekin gesehen. Am Abend vor der Tat."
Bente spürt ihr Herz heftig schlagen. „Hat er gestanden?"
„Nein, aber wir haben einen Schlüssel bei ihm gefunden. Euren … Deinen Ersatzschlüssel. Bente, es tut mir leid wegen Florian. Kann ich irgendwas für dich tun?"
Bente weiß, dass Hannes, der zur Ermittlungstruppe gehört,

mit ihr nicht über den Fall sprechen darf. Dennoch drängen sich ihr Fragen auf, die sie dringend mit ihm klären muss.
„Hannes, was ist in der Nacht passiert?“ Bente zögert einen Moment. „Du hast mich nicht einfach vor der Tür abgesetzt, sondern bist noch mit reingekommen. Warum hast du das verschwiegen?“
„Bente, lass‘ es gut sein. Halte dich aus den Ermittlungen raus.“ Das Mitgefühl in Hannes Stimme weicht sachlicher Professionalität.
„Hannes, du weißt, dass ich seit dem Vorfall damals keine härteren Sachen mehr trinke.“ Bente schreit nun verzweifelt ins Telefon, als ob sie so ihre Glaubwürdigkeit gegenüber Hannes bekräftigen könne. „Ich habe Florian nicht umgebracht! Er war der wichtigste Mensch für mich.“
Maurer schweigt.
„Hannes!“
Die Leitung ist tot.
Bente muss unbedingt zum Haus zurück. Irgendetwas wird sie finden, um dem Täter auf die Spur … Weiter kommt sie in ihren Überlegungen nicht, denn ein kräftiger Schlag trifft sie am Kopf.
Bente gerät ins Taumeln, doch anstatt zurückzuweichen, geht sie auf den Schläger zu. Blut läuft ihr aus einer Platzwunde in die Augen. Nahezu blind greift sie zu und packt ihr Gegenüber am Arm. Sie versucht, ihm ins Gesicht zu greifen, bekommt jedoch nur ein Stück Kleidung zu fassen. Plötzlich wird sie zurückgestoßen und fällt rücklings auf den Asphalt. Bevor sie sich aufrichten kann, trifft sie der nächste Schlag. Und noch einer. Dunkelheit.

Die Besprechung ist um acht Uhr morgens anberaumt. Bereits zehn Minuten vorher sind alle versammelt. Sophie Martens bleiches Gesicht hebt sich kaum von der weiß getünchten Wand ab. So wie ihre Kollegen ist sie seit dem vorherigen Abend im Einsatz. Hannes Maurer blickt starr auf die Stellwand mit den Fotos vom Tatort. Der Chef der Spurensicherung, Lutz Wiese, nestelt nervös an seiner Krawatte. Es ist seine Aufgabe, über die bisherigen Spurenfunde zu berichten. Wenig wird es sein, was er erzählen kann, zu wenig.

Die Tür schwingt auf. Hauptkommissar Hans Schimmer und zwei Uniformierte betreten den Raum. Wortlos nimmt Schimmer am Kopfende des Tisches Platz und weist mit der rechten Hand auf Wiese.

„Nun." Wiese räuspert sich und stellt sich vor die Stellwand. „Wie wir feststellen konnten, wurde auf Bente Kaup mit einem harten Gegenstand, wahrscheinlich einem Baseballschläger aus Holz, eingeschlagen. Wir haben am Tatort weder die Tatwaffe noch verwertbare Spuren gefunden, die auf den Täter hinweisen."

Wiese räuspert sich erneut. „32 Mal wurde Bente Kaup getroffen. Acht Schläge gingen auf Kopf und Hals nieder, die übrigen trafen Brustkorb, Rücken, Bauch. Zudem trat der Täter mindestens vier Mal mit schweren Stiefeln zu." Wiese zeigt auf zwei Fotos, die am rechten Rand der Stellwand hängen. „Es gibt eindeutige Hämatome am rechten Oberschenkel. Bente Kaup liegt mit schwerem Schädel-Hirn-Trauma und starken inneren Blutungen auf der Intensivstation. Sie hat das Bewusstsein bisher nicht wiedererlangt."

„Nein!" Sophie Martens schluchzt laut auf und schlägt sich die Hände vors Gesicht.

Es ist Hannes Maurer, der die unvermeidliche Frage stellt. „Wird Bente das überleben?"

Stille breitet sich im Raum aus. Alle blicken Schimmer an. Dieser zieht eine Klarsichttüte aus seiner Jackentasche und legt sie schweigend auf den Tisch. Ein weißer Knopf ist darin erkennbar.

„Was ist das?", raunt Maurer. „Ein Beweisstück? Die Tüte ist ja nicht mal gekennzeichnet." Rote Flecken treten an seinem Hals hervor.

„Es war einer von uns." Schimmer spricht so leise, dass ihn zunächst keiner versteht.
„Was hast du gesagt?" Maurer ist von seinem Stuhl aufgesprungen und an Schimmer herangetreten. „Was!"
Diesmal erhebt Schimmer seine Stimme. „Es war einer von uns." Er nimmt den Beutel mit dem Knopf, hält ihn Maurer vor die Augen. „Sieh' ganz genau hin. Kommt dir der bekannt vor?" Mit der anderen Hand greift Schimmer an Maurers Hemdkragen. „Button-down. Die trägst du doch so gerne. Nur leider fehlt an deinem Hemd ein Knopf. Und diesen hat Bente mit ihrer Hand umklammert, als sie in die Notaufnahme eingeliefert wurde."
„Diese Schlampe! Ich habe sie geliebt, aber sie wollte ja unbedingt bei ihrer Schwuchtel bleiben." Die roten Flecken überziehen mittlerweile Maurers ganzes Gesicht.
„Und darum du hast Florian getötet und Bente die Schuld in die Schuhe geschoben, um dich für ihre Zurückweisung zu rächen." Da ist wieder dieser verständnisvolle Tonfall in Schimmers Stimme. „Nur leider ist der Fehler mit den Fingerabdrücken aufgeflogen. Und da kam dir die Idee, den Verdacht auf den Liebhaber von Florian Kaup zu lenken, indem du ihm bei der Festnahme den Haustürschlüssel untergeschoben hast."
„Das stimmt nicht", brüllt Maurer.
Schimmer fährt unbeeindruckt fort. „Was hast du Bente verabreicht, damit sie die halbe Flasche Korn trinkt? K.o.-Tropfen? Sehr schlau, die lassen sich nämlich nach so vielen Stunden nicht mehr im Blut nachweisen. Und den Ersatzschlüssel hast du mitgenommen, um ihn dem Geliebten von Florian Kaup bei seiner Festnahme unterzuschieben."
„Dafür hast du keine Beweise!", wehrt sich Maurer. Speicheltropfen sprühen aus seinem Mund.
„Oh, doch", entgegnet Schimmer. „Ein Zeuge hat dein Auto zur Tatzeit des Mordes vor dem Haus gesehen. Und gestern Abend bist du nach Laboe gefahren, um ihr von der Festnah-

me zu berichten, doch sie war nicht Zuhause. Du hast mit ihr telefoniert und dabei quasi direkt neben ihr gestanden … Handy-Ortung."

Schimmer winkt die Uniformierten heran. „Abführen."

Zurück bleibt ein fassungsloses Ermittlerteam.

Sophie ist die Erste, die sich rührt. „Wird Bente das überleben?"

Schimmer antwortet leise: „Ich weiß es nicht."

Leer:

Barbara Wendelken

WAHNSINNIG VERLIEBT

Ich verliebe mich nicht so leicht, aber wenn es geschieht, dann richtig, mit Haut und Haaren, mit Herzrasen, butterweichen Knien und der Bereitschaft alles zu geben, sämtliche Grenzen zu überschreiten.

Als der Mann den Laden betritt und zwei Schachteln *Benson & Hedges* verlangt, bezahlt und das Wechselgeld mit einem smarten Lächeln in die Plastikbox der Kindernothilfe fallen lässt, passiert es, ich bin verliebt.

Ein Mann wie aus dem Bilderbuch, dunkles Haar, durchzogen von dem ersten Grau, braune Augen, ein scharf geschnittenes Gesicht und ein Kinn, das für männliche Entschlossenheit spricht, dazu noch ein Raucher, was bedeuten kann, dass ich ihn bald schon wiedersehe. Wie lange wird er wohl mit zwei Schachteln auskommen?

„Wer war das denn?“, hauche ich, nachdem die Tür hinter ihm ins Schloss gefallen ist.

„Dr. Matthiesen“, sagt Ira gleichgültig. „Er ist verheiratet. Der Ring ist dir ja wohl aufgefallen.“ Dann widmet sie sich wieder dem Einsortieren der Zeitschriften, die am Morgen gekommen sind.

Ira ist meine Schwester. Gemeinsam haben wir das Haus unseres Vaters in der Brunnenstraße geerbt. Im Erdgeschoss liegt der Tabak- und Zeitschriftenladen, den wir seit seinem Tod vor zwanzig Jahren weiterführen. Das mag sich nicht sonderlich großartig anhören, doch ich bin hier glücklich, mitten in der Altstadt von Leer, wo ich beinahe alle Nachbarn mit Namen kenne. Mein ganzes Leben habe ich hier verbracht, bis auf die Jahre in Vechta, aber die zählen nicht wirklich, weil ich mich die ganze Zeit zurückgesehnt habe. Seit drei Wochen bin ich wieder hier. Zu Hause. Einiges hat sich verändert, so hat Ira unser Haus blassgrün streichen lassen. Das Bünting Coloniale Haus, das ich von meinem Schlafzimmerfenster aus sehen kann, schaut jetzt aus wie ein riesiges Bilderbuch. Frau Janssen von nebenan ist gestorben, und ihr Sohn hat den Blumenladen an Niederländer verkauft. Viele Häuser in unserer Straße glänzen frisch renoviert, und auf der anderen Seite vom Hafen entsteht ein neues Wohnviertel. Doch die bronzene Teelke hält immer noch jedem Besucher ihre Teetasse entgegen, und immer noch finde ich, dass sie ein bisschen so aussieht wie ich selbst als junges Mädchen.

Zuerst war Ira nicht erfreut über meine Rückkehr. Sie bot mir sogar an, einen Kredit aufzunehmen und mir meinen Anteil an Haus und Laden abzukaufen, damit ich woanders neu anfangen kann. Ich habe abgelehnt. Wer nie fort war, könne nicht ermessen, wie schön es sich anfühlt, heimzukommen, habe ich ihr erklärt, und dass ich nie wieder woanders leben möchte. Meine Schwester hat mit den Achseln gezuckt und gemeint, dass ihr keine Wahl geblieben wäre. Eine von uns hätte hierbleiben und das Geschäft weiterführen müssen.

Und so teilen wir wieder die Wohnung und den Laden miteinander, wie früher – und es ist in Ordnung so. Wir haben ja nur noch uns. Zwei Frauen um die vierzig, beide ledig und von den Männern enttäuscht. Ira ist die Ältere, die Kluge, die Realistin, die mit beiden Beinen im Leben steht, ich die

Jüngere, die Hübschere, die sich gern in Tagträumen verliert und nicht immer weiß, was gut für sie ist. Ich sei die Sonne, Ira der Mond, hat unsere Mutter immer gesagt. Zusammen bilden wir ein gutes Team.

Dr. Matthiesen kommt dreimal in der Woche, um seine Zigaretten zu kaufen. Montags, mittwochs und freitags, und jedes Mal fällt mir auf, dass er es nicht eilig hat, den Laden zu verlassen. Manchmal blättert er in irgendwelchen Autozeitschriften, obwohl ihn der Inhalt ganz offensichtlich nicht interessiert. Ein anderes Mal will er wissen, ob ich das neue Lokal auf der Nesse kenne, und als ich nicke, fragt er, ob ich es auch empfehlen würde. Er spricht grundsätzlich nur mit mir, für Ira hat er weder einen Blick noch ein Wort übrig. Das gefällt ihr nicht. Ira war schon immer eifersüchtig darauf, dass die Menschen mich sofort mögen.
Beim letzten Mal hat Dr. Matthiesen meine Schulter berührt, wie zufällig. Ich bin überzeugt, dass es absichtlich geschehen ist und dass sein Herz dabei genauso laut geklopft hat wie meins. Sowas spürt man doch.
Seither achte ich darauf, um halb fünf, wenn er gewöhnlich im Laden auftaucht, nicht an der Kasse zu stehen, sondern am Zeitschriftenregal, dort, wo er mich in ganzer Größe sehen kann. Ich bin verknallt wie ein Teenager. Pausenlos muss ich an ihn denken. Das warme Rehbraun seiner Augen verfolgt mich bis in meine Träume, genauso wie seine Stimme, tief und kräftig, da kriege ich direkt eine Gänsehaut. Irgendwann halte ich es nicht mehr aus und frage Ira, ob sie mehr über ihn weiß.
„Er ist Oberarzt auf der Inneren. Seine Frau fotografiert. Nicht beruflich, sondern hobbymäßig. Nächsten Monat stellt sie im Rathaus aus. Zu arbeiten braucht sie wohl nicht, weil sie aus einer großen Reederfamilie stammt. Beruf reiche Tochter."
Unwillig verzieht Ira den Mund, sie verabscheut Frauen, die nicht für sich selbst sorgen können, so wie sie und ich es seit unserem sechzehnten Lebensjahr tun müssen.

„Er sieht ziemlich umwerfend aus, oder?" Ich weiß gar nicht, warum ich das überhaupt sage. Es musste wohl einfach mal raus, damit ich nicht platze.
Ira schüttelt wild den Kopf, auf einmal ist sie richtig wütend. „Er ist verheiratet, meine Liebe. Verheiratet, soll ich es dir buchstabieren? Und er wird seine Frau nicht verlassen, gleichgültig, was du dir zusammen phantasierst. So unwiderstehlich bist du nun auch wieder nicht."
Von der Liebe hat Ira wirklich keine Ahnung. Natürlich verlassen Männer ihre Ehefrauen, wenn die Eine in ihr Leben tritt, die ihre Seele wirklich berührt.
Wenn Ira wüsste, dass ich beinahe täglich mit dem Fahrrad am Haus von Dr. Matthiesen vorbei fahre. Die Adresse habe ich im Telefonbuch gefunden. Ich weiß jetzt, dass er Jörg heißt. Jörg, der Name passt zu ihm, kurz und prägnant und irgendwie männlich. Das Haus steht an der Heisfelder Straße, eine dieser Stadtvillen, die sich kein Normalsterblicher leisten kann. Ihn habe ich noch kein einziges Mal gesehen, seine Frau dagegen schon mehrfach. Eine hagere Blondine, die aussieht, als würde sie sich von Salat und Mineralwasser ernähren und exzessiv Sport treiben, um nur kein Gramm zu viel zu wiegen. Für mich sind dünne Frauen unweiblich. Ira gehört auch dazu, sie muss nicht mal hungern, sie ist einfach von Natur aus gertenschlank. Was hat ihr das gebracht? Nichts. Sie ist allein, genauso wie ich, aber ich glaube im Gegensatz zu ihr wenigstens noch an die Liebe. Für mich ist meine Figur genau richtig. Kurvig, aber keineswegs dick, und mit einer Taille, die Männerhände dazu einlädt, sich um sie herum zu legen. Plötzlich muss ich an Robert denken, an seine Hände auf meiner Haut, ein verbotener Gedanke, den ich sogleich beiseiteschiebe. Die Geschichte mit Robert ist Vergangenheit, eine unangenehme Erinnerung, mehr nicht.

Heute hat Ira einen Zahnarzttermin. Zum ersten Mal sind Dr. Matthiesen und ich allein – oder besser wären wir allein, wenn die Kundin sich endlich für eins der albernen Frauenklatschblätter entscheiden könnte. Was ist nun interessanter, die neue Frisur der spanischen Königin oder die Homestory über Helene Fischer. Das scheint ja wirklich ein unlösbares Problem zu sein. Mein Gott, dann nehmen Sie doch beide, die kosten ja kein Vermögen, würde ich am liebsten schreien, doch ich beherrsche mich.

Als die Frau endlich bezahlt und den Laden verlässt, atmet Dr. Matthiesen laut aus. „Endlich. Ich muss gestehen, dass ich es kaum erwarten konnte, allein mit Ihnen zu sein. Oder finden Sie das zu direkt?“

Ich spüre, dass mir verräterische Röte in die Wangen steigt, sage aber kein Wort, damit das Zittern in meiner Stimme nicht verrät, welche Stürme in mir toben.

„Ich würde Sie wahnsinnig gern mal auf ein Glas Wein einladen, Hannah. Ich darf Sie doch Hannah nennen? Bedauerlicherweise ist meine Frau sehr eifersüchtig. Wenn ich nur zehn Minuten zu lange brauche, um meine Zigaretten zu kaufen, dann …“

Mehr sagt er nicht, aber ich weiß genau, was er meint. Luise hatte ihren Robert auch mit Argusaugen bewacht. Einige Frauen bilden sich ein, dass sie ihren Mann mit der Heirat käuflich erwerben. Aber so ist es nicht! Jeder Mensch gehört sich selbst.

Ich muss mich zusammennehmen. Das ist gar nicht so leicht, wenn man taumelig vor lauter Glück ist. Denn am Ende findet sich immer eine Möglichkeit, wenn zwei Menschen wirklich zusammengehören. Schade, dass niemand davon erfahren darf, Ira nicht und schon gar nicht Jörgs Frau, die Dagmar heißt und ihn schon lange nicht mehr liebt und trotzdem nicht freigeben will. Heimliche Liebe hat ihren eigenen Reiz, das, was nicht offen brennen darf, glüht im Verborgenen umso heißer.

Vier Wochen geht das schon, wir treffen uns so oft wie möglich auf einem Parkplatz im Heseler Wald oder im Park hinter der Evenburg, einmal sogar in unserer Wohnung, als Ira über das Wochenende nach Hamburg gefahren war, um sich ein Musical anzuschauen, ein Pauschalangebot mit Hotelübernachtung.
„Ich wünschte, ich hätte den Mut, mich zu trennen", hat Jörg gestern geseufzt und von Dagmars Tobsuchtsanfällen erzählt. Die Frau schreckt nicht mal davor zurück, ihn körperlich zu attackieren. Beschämt hat Jörg mir Kratzer und blaue Flecke gezeigt. „Ich bin sicher, sie ahnt etwas."
Seine Worte machen mir klar, dass ich handeln muss. Sie ahnt etwas, das bedeutet: Es ist bald vorbei. Aber es darf nicht vorbei sein! Jörg weiß nicht, wie mutig ich sein kann, eine Heldin, eine Kämpferin für die Liebe.

„Tote Frau auf den Treppen des Rathauses. Das Messer steckte noch in ihrem Rücken … "

Die Zeitungen überschlagen sich. Ira schaut mich komisch an, doch ich muss mir keine Sorgen machen. Niemand weiß von meinen heimlichen Treffen mit Jörg, niemand weiß von dem Messer, das ich letzte Woche besorgt habe. Ira nimmt Schlaftabletten, jeden Abend um halb zehn, schon seit Ewigkeiten. Danach schläft sie wie ein Stein. Kein Mensch hat mich gesehen, als ich gegen Mitternacht das Haus verlassen habe, darauf habe ich gut geachtet. Jetzt müssen Jörg und ich geduldig sein, abwarten, bis alles vorbei ist. Ein halbes Jahr lang, denke ich, dann dürfen wir uns endlich zu unserer Liebe bekennen.
Vor dem Laden hält ein Polizeiwagen. Zwei Beamte reißen die Tür auf.
„Gut, dass Sie gleich gekommen sind." Ira klingt atemlos. „Ich hab das Messer auf dem Foto gleich erkannt. Und alles andere …" Sie schluckt schwer. „Alles genauso wie damals."
„Sie sprechen davon, dass Ihre Schwester bereits wegen einer

ähnlichen Tat verurteilt wurde", sagt der ältere Polizist und lässt mich dabei nicht aus den Augen.
Ich erstarre zu Eis! Das kann nicht sein. Ein Messer von IKEA, in wie vielen Küchen in Leer mag es ein solches Messer geben? In hunderten vermutlich, aber nicht in unserer!
„Unser IKEA-Messer ist verschwunden", höre ich Ira sagen. „Seit vorgestern." Meine Schwester lügt die Polizei an.
„Was redest du da? Wir hatten nie ein solches Messer!", rufe ich verzweifelt.
Iras Miene verschließt sich. „Aber natürlich. Ich habe das Messer kurz vor Weihnachten gekauft. Du kannst nicht erwarten, dass ich für dich lüge, Hannah. Nicht in einem solchen Fall." Jetzt schaut sie wieder den Polizisten an. „Dr. Matthiesen hat sich kürzlich bei mir beschwert. Meine Schwester würde ihm nachstellen. Immer wieder hätte er sie vor seinem Haus gesehen. Ihm war das schrecklich unangenehm." Sie greift sich an die Kehle. „Mein Gott, wenn ich das geahnt hätte. Aber die Gefängnispsychologin hat versichert, dass Hannah wieder ganz gesund ist." Ihr Kopf fährt herum und sie schaut mich wütend an. „Wie konntest du nur? Die arme Frau! Und ich hab dir noch erzählt, dass sie nachts allein mit ihrem Fotoapparat unterwegs ist. Ich fühle mich schrecklich." Der letzte Satz ist wieder für die Polizei bestimmt.
In unserer Küche gab es nie ein IKEA-Fleischmesser. Wozu denn auch? Keine von uns kann richtig kochen. Wie betäubt, sacke ich auf den Hocker hinter der Kasse.
In diesem Moment öffnet sich die Ladentür, und Jörg stürzt herein. „Ist es wirklich wahr?" Wie ein Fremder schaut er mich an. „Hannah, ich kann es einfach nicht glauben. Wie konnten Sie mir das antun?" Mit beiden Händen rauft er sich die Haare, eine theatralische Geste, die völlig übertrieben wirkt. Tränen wären jetzt überzeugender, aber warum sollte er weinen, er trauert ja gar nicht um seine Frau. Dann bemerke ich, dass seine Rehaugen ganz sanft über das Gesicht meiner Schwester streicheln. Und ich begreife.

Die Gerichtsverhandlung ist furchtbar. Jörg sagt aus, dass er mir von Dagmars Projekt erzählt hätte. „Ja, ich habe wohl mal erwähnt, dass meine Frau häufig nachts mit der Kamera unterwegs ist, um Eindrücke zu sammeln. Allein. Dagmar ging es um die Einsamkeit der Nacht. Wie konnte ich ahnen, was ich damit auslöse?"

Dem Gericht liegen Fotos vor, düstere Bilder, Lichtstreifen auf dem Wasser, die Silhouette des Rathauses vor dem Nachthimmel, die Statue der Teelke, die ihre Hand mit der Teetasse ins Dunkle streckt. Allen Bildern ist das Bedrohliche gemein, fast als hätte Dagmar ihr Ende vorausgeahnt.

Ich bin ihr gefolgt, mehrere Nächte hintereinander, wie ein lautloser Schatten, der geduldig auf den richtigen Moment wartet, um das Messer aus der Tasche zu ziehen und zuzustoßen. Einmal, zweimal, immer wieder, ein Stich für jedes Jahr, das ich in der Justizvollzugsanstalt Vechta eingesessen habe, bei fünfzehn habe ich aufgehört.

„Du liebst ihn gar nicht!", schreie ich meine Schwester an. „Du willst ihn mir nur wegnehmen, weil du eifersüchtig bist auf mein Glück!"

Der Richter lässt mich ermahnen. Ich verstumme.

Ira war schon immer die Klügere von uns beiden.

Ihr Plan enthält keine Fehler.

Hamburg:

Gunter Gerlach

FINALE AUF DER REEPERBAHN

Serienmörder sind beliebt beim Publikum, hatte mir das vierte Opfer, ein alter Buchhändler, mit auf den Weg gegeben. Es waren seine letzten Worte. Ich nahm seine Katze mit. Sie saß im Hinterzimmer der Buchhandlung am Hamburger Michel auf einem Manuskript des Buchhändlers für seinen nächsten Krimi. Ich las den ersten Satz: „Im Lehmitz schlängelte sich der Tresen auf mich zu." Eine Spur!

Die Katze schlüpfte in meine Umhängetasche. Meine eigene Katze, die mich sonst begleitet, hatte ich zu Hause gelassen.

Der Buchhändler war bekannt gewesen für seine regionalen Krimis, die alle in Sichtweite der Michaeliskirche spielten. Er hatte fünf oder sechs davon geschrieben. Ich steckte das Manuskript ein. Eines Tages würde ich auch zu schreiben beginnen. Krimis selbstverständlich.

Ein kurzer Regenschauer nur, und die bunten Lichter lagen betrunken in den Pfützen. Die Reeperbahn rotierte, wandelte sich in eine rotweiße Zuckerstange. Der Asphalt aus Lakritz.

Ich hatte die Katze als Spürhund und war dem Mann dicht auf der Spur, der schon aus vier Menschen heiße Himbeeren mit Sahnesoße gemacht hatte. Immer nur Mädchen, jung wie Blut, und Männer, alt wie Käse.

Im Lehmitz schlängelte sich der Tresen auf mich zu. Die Bedienung schenkte mir reinen Mut ein. Ich verlangte mehr. Rechts neben mir einer mit Tomatensaft. Er hatte sich schon vor Angst bekleckert.

„Früher“, sagte er, „wurden hier die Taue gedreht. Daher der Name Reeperbahn. Heute wird einem hier der Strick gedreht.“

„Philosoph?“, fragte ich.

Er nickte. „Kann man so sehen.“

In einer Ecke des Lokals nahm die Haus-Band Aufstellung.

„Kenne ich Sie nicht?“, fragte der linke Nachbar im Trinken. Bier tropfte aus seinem Bart.

„Bin Polizist. Das Wort Kommissar höre ich nicht so gern.“

„Richtig. Aus dem Fernsehen. Sie sind der mit der Katze. Wo haben Sie die?“

„Hier.“ Ich drehte mich, zeigte ihm die dunkelrote Tasche, die von meiner Schulter herabhing wie eine zur Transplantation bereite Ersatzleber. Sie begann zu leben. Die Katze trommelte, wollte raus.

„Die Katze macht ihn als Kommissar unverwechselbar und …“, mischte sich der Philosoph ein. Es waren die letzten verständlichen Worte, alle weiteren gingen in den Gitarrentönen unter, die den Raum zersägten.

Der Sänger erzählte, seine Frau habe ihn heute Morgen verlassen. Der Gitarrist jammerte. Nur der Schlagzeuger kam in Wut. Der Sänger fuhr fort, sein Chef habe ihn heute entlassen. Immerhin, dachte ich, hatte er bereits am Abend einen Job als Sänger in der Band gefunden. Geht doch.

Ich ging zur Toilette. Sie stand unter Wasser. Gelbe Sturmflut. Auf dem Rückweg stempelte ich den Abdruck meiner Schuhsohlen durch den Raum. Lauter Punkte. Original Camper Pelotas.

Der Philosoph und der Bärtige waren verschwunden, einer von beiden hatte mein Glas ausgetrunken.

Der Sänger erzählte, seine Frau habe ihn mit dem besten Freund betrogen, deshalb hätte er das Haus angezündet und den Hund erschossen. Das alte Lied.
Beim zweiten Song entdeckte ich vorn bei der Band einen Mann mit einem Käsekopf auf dem Tresen. Auch ein Tomatensafttrinker. Das Glas war ihm umgekippt, die Soße hatte sein Gesicht gebettet.
Die Katze in meiner Tasche randalierte. Langsam ging ich zu dem Mann. „Kopf hoch!", sagte ich.
Er rührte sich nicht. Ich hob ihn an den Haaren. Das Gesicht kam mir bekannt vor. Ein Schnitt ging durch Kehle. Es lief noch Blut heraus. Noch warm. Keine dreißig Minuten her. So nah war ich dem Mörder noch nie.
Raus hier, bevor die Polizei kommt.

Die Katze wollte in den nächsten Pornoladen. Ich drückte einen Finger auf ihre Stirn und schob sie auf diese Weise zurück in die Tasche. Dann tat ich ihr doch den Gefallen. Auf der Reeperbahn folgt man den tierischen Instinkten. Ich ging ins World of Sex. Die Katze schob ein Ohr durch den Spalt am Reißverschluss und zeigte damit die Richtung an. Katzenkompass. Vorbei an Skulpturen von Geschlechtsteilen. Glas, Chrom und vibrierende Leuchtstoffröhren. Über allem ein Schrei auf der Suche nach Lust. Hinter mir krachten Hosennähte. Ein Betriebsausflug hechelnder Männer – mit dem Duft von nassem Fell. Die Welt war Hund. Katzen nur Objekte ihrer Witze.
Vor der Tür einer Videokabine streckte die Katze den Kopf aus der Tasche.
„Hier?" Ich öffnete die angelehnte Tür in Erwartung einer Leiche. Nur ein toter Bildschirm.
Die Katze zwinkerte mir zu, hob den Kopf in Richtung Kabine.
„Wir beide da rein?"
Sie nickte, legte den Kopf schräg, sagte: „Mau."

Ich kenne Kollegen, die hätten nicht nein gesagt, aber die Kleine war die einzige Zeugin, kannte den Mörder. Und der Mörder wusste von der Katze. Niemand hat sieben Leben.
Die Pflicht führte uns vorbei an Regalen voller Hochglanzmagazine. Abteilung Gummimenschen, Artisten, Hausfrauen und Polizisten. Ich hielt der Katze die Augen zu. Hinter dem nächsten Regal kniete ein junges Mädchen vor einem Dildo, groß wie ein ausgewachsener Mensch.
„Anbeten tut nicht not", sagte ich.
Im gleichen Moment fiel sie auf die Seite. Tot. Himbeersoße tropfte vom Milchhals. Der Teppich in seiner Gier hatte fast ihr gesamtes Blut getrunken. Alles noch frisch und warm. Keine zwanzig Minuten her. Ich beugte mich über sie. Das Gesicht kannte ich von einem Foto auf der Rückseite eines Buches. Aber ich erinnerte mich nicht an den Titel.
„Hände hoch", sagte ein Verkäufer. Er zielte mit einer Pistole auf mich. Ein Sexspielzeug.
„Ich bin es", sagte ich, „der mit der Katze."
Er war wohl einer der letzten, der nicht fernsieht oder einer der ersten, der es nicht mehr tut. Er kannte mich nicht.
„Ich rufe die Polizei", sagte er.
„Ich bitte darum."
Unter mir schmatzte der Teppich.

Die Kollegen kamen, umzingelten mich und den Tatort mit rotweißem Band und fanden die Fingerabdrücke der halben Stadt auf den Pornoheften. Mich gaben sie frei. Ich folgte der Stimme des Blutes, kreuzte die Reeperbahn, den großen Fluss. Eine Ampel hielt die PS-Kreuzer im Zaum. Ich im Sambaschritt mit einer Gruppe Fußballfans. Der FC St. Pauli hatte am Abend seinen Gegner betort.

Im Docks stampfte ein Rockkonzert über die Bühne. Death-Metal. Mit meinem Ausweis überwand ich die Sperre aus Hells Angels im zivilen Schwarz. Ich kam zu spät, gerade rollte man

den Toten unter den Verkaufstisch mit den Merchandising-Produkten. T-Shirts mit dem Abbild von Messern, von denen das Blut tropfte. Man wollte die Leiche verstecken, um Panik zu vermeiden.
„Nehmt ihn lieber zur Dekoration."
Mein Vorschlag wurde sofort in die Tat umgesetzt. Lebend war ich der Leiche mal begegnet. Es war in einer Buchhandlung. Eine Lesung. Ich steckte dem Toten mein Spezial-Thermometer in den offenen Hals. Es zeigte auf die 20. So viele Minuten Vorsprung hatte der Mörder. Ich hatte nicht viel Zeit verloren. Oder beobachtete mich der Mörder? Erwartete er mich mit der nächsten Tat, und erst wenn ich näher kam, zückte er sein Rasiermesser. Wollte er am Ende mir die Kehle durchschneiden?

Ich ging zurück auf die Straße. Alle Passanten hatten Mördergesichter. Sie zeigten die Wut der Würger, den Hass der Messerstecher, die Heimtücke der Pistolenschützen, das Muskelspiel der Genickbrecher. Ich holte meine Halsmanschette aus Stirlingsilber hervor und legte sie mir um. Ein Schmuckstück, das jetzt viele trugen, seit der Kerl mit dem Rasiermesser durch die Nacht lief. Wenn Angst Mode macht.
Mit erhobenem Kopf und langem Hals marschierte ich vorbei am Schmidt-Theater mit Sesseln, die den Besuchern Bäuche machen, am Tivoli mit Gestühl aus Rückenschmerz, am St.-Pauli-Theater, das den Gästen mit engen Sitzreihen die Knie wundete, vorbei an der David-Wache, Heimstadt der Räuber und Beraubten. Das Vergnügen ist keine einfache Sache und schon gar nicht billig.
Davidstraße. Vorbei an den Lockrufen der Prostituierten, der Götterspeise der Triebtäter. Mir war nach anderen Genüssen. Zum Lukullus, den Hunger im Gewand. Vier Männer hinter dem Glas der Trennwand, die mit Wurst im Mund intonierten: „Auf der Reeperbahn nachts um halb Eins." Einer nahm die Wurst aus dem Mund, strich sich das Haar zurück und

machte auf Hans Albers. Er fand sogar die richtige Stimme. Keine schlechte Parodie.

Ich lehnte mich auf den Imbiss-Tresen. „Eine Curry mit Pommes rotweiß." Beim Essen kann ich am besten denken. „Und haben Sie Katzenfutter?"

Die Empörung ballte die Fäuste, bis die Katze aus der Tasche guckte und für Frieden sorgte.

„Ach, Sie sind es", sagte die Bedienung. Ein Mann, der aussah, als wäre er der Sohn von Hans Albers. „Ich glaube, ich habe was für Sie." Er öffnete einen der Kühlschränke. Ein blutleeres Mädchen hockt sorgfältig zusammengefaltet darin. „Wir haben Sie vor zehn Minuten vom Tresen gepflückt. Ist ja keine Werbung."

„Tot und noch so gelenkig! Woher kenne ich die?"

Ein zweiter kam hinzu mit einer Schürze voller Ketchup. „Sie sagte, sie recherchiere hier, und dann war sie schon tot."

„Ich lasse sie abholen." Ich nahm meinen Pappteller und kreuzte die Reeperbahn. Die Katze angelte sich eine der Fritten. Ketchup und Majonäse tropften mir aufs Hemd.

„Wir müssen uns beeilen", sagte ich.

Sein nächstes Ziel konnte nur der Goldene Handschuh am Hamburger Berg sein. In den dreißiger Jahren des letzten Jahrhunderts Treffpunkt der Boxprominenz. Vielleicht ist auch diese eine der beliebten Krimi-Geschichten, die bis in die Nazizeit zurückreichen? In den siebziger Jahren saß dann ein Serienmörder am Tresen, nahm von hier die Frauen mit nach Hause, um sie zu erdrosseln und zerstückeln. Aber ich bemerkte meinen Irrtum. Nach dem Gesetz der bunten Reihe war jetzt ein alter Mann dran.

Ich ging den Hamburger Berg entlang. Ex-Sparr, Rosis-Bar, Barbarabar, Lunacy, Roschinkys, Blauer Peter. Ich blickte durch die Fenster. In Alkohol schwimmende Augen blickten zurück. Die Piste der Jugend. Partnerbörse. Falscher Weg.

Mörder gehen woanders lang. Und dieser hatte ein anderes Ziel. Wenn mir nur einfiel, warum mir die Opfer alle bekannt vorkamen. Ich ging bis zur Simon-von-Utrecht-Straße, benannt nach dem Mann, der angeblich Klaus Störtebecker gefangen genommen hatte. Ein Irrtum. Zurück über die Talstraße, vorbei an der Wunderbar, einem Schwulenlokal. Diese Männer brachten keine Frauen um.

Zurück auf der Reeperbahn hatten sich die Morde herumgesprochen. Eine spontane Demonstration. Der schwarze Block mit roter Farbe maskiert. Spruchbänder:
„Tot allen Totmachern!"
„Vernichtet die Wirklichkeit!"
„Reeperbahn – mörderfreie Zone!"
„Tatorte nur im TV!"
Und Sprechchöre: „Alkohol im Blut tut jedem gut, Blut im Alkohol tut keinem Wohl."
„Aber Krimis kaufen, in denen Mörder Amok laufen", knurrte ich dagegen. Die Katze ging in Deckung.

Ich kreuzte wieder die Reeperbahn. Die Katze schob ihren Kopf aus der Tasche, schnupperte und zeigte mit einer Pfote auf die Silbersackstraße.
„In den Silbersack?", fragte ich und erinnerte mich daran, dass man bei den Gorillas die älteren Silberrücken nannte. „Setzt sich der Name aus Silberrücken und alte Säcke zusammen?"
Die Katze antwortete nicht. Ich ging vorbei bis zur Hasenschaukel. Ein Musiker hatte sich vor dem Kamin aufgebaut. Er holte Wut aus der Gitarre über seine Freundin, die mit einem anderen schlief. Er küsste das Mikrophon als Ersatz. Der Gitarre riss eine Saite. Ich drängte mich zum Tresen durch. „Ist hier heute schon jemand ermordet worden?"
Der Wirt schüttelte den Kopf. „Mörder lassen wir hier gar nicht erst rein."

Ich bog in die Friedrichstraße ein. Da sah ich den alten Mann im Rinnstein liegen. Gerade röchelte er den letzten Atemzug. Blut gurgelte im Gully. Ich kannte ihn, ein pensionierter Journalist. Er schrieb jetzt Krimis. Es musste gerade passiert sein. Ich begann zu laufen. Durch die Gerhardstraße bis zur Davidstraße. Alles voller Mörder, die mit den Prostituierten verhandelten. Meiner war nicht dabei, denn er musste Blut auf der Brust haben. Die Davidstraße hoch am berühmten Cuneo vorbei, mit dem Geschmack von Fegato al Burro e Salvia auf der Zunge, der sich erst an der Ecke Erichstraße verlor. Denn plötzlich wusste ich, wohin der Mörder wollte. Ich musste vor ihm im Komet sein!

Vor der Tür versuchte ich, wieder zu Atem zu kommen. Ich streckte die Hand aus, um die Kneipe zu öffnen, da kam mir eine andere Hand zuvor. Zuerst sah ich die Brust mit dem Tomatensaft. Der Philosoph! Der Tomatensaft war Blut. Ich hätte es wissen sollen. In jeder Geschichte muss der Mörder gleich am Anfang vorkommen. Genre-Regel.

„Warum?“, fragte ich.

Ein Schmerzensschrei kam als Antwort.

Die Katze war aus der Tasche gesprungen, hatte mit einem schnellen Pfotenstreich ein Z ins Gesicht des Mörders gezeichnet, so wie es Zorro mit seiner Peitsche machte. Die Katze sah mich an. Ich verstand ihren Blick. Das war die Rache dafür, dass er den Buchhändler umgebracht hatte.

Der untere Strich des Z zog sich quer über seine Augen. Ich überlegte, wie ich das herausquellende Gelee in die Höhlen zurückstopfen könnte. (Ich erspare mir hier weitere Details. Wenn Sie Alpträume gernhaben, können Sie ausführliche Beschreibungen von blutigen Verletzungen in jedem Wallander-Krimi nachlesen.)

„Warum?“, fragte ich erneut.

Als Antwort kam nur ein Röcheln. Mit einem zweiten Pfotenstreich hatte ihm die Katze die Kehle aufgeschlitzt. Rache für alle anderen. Der Mörder sank zu Boden, rutschte die kleine

Treppe herab, als würde der Körper von Wellen getragen.
Ich beugte mich über ihn. „Warum?", fragte ich noch einmal und wollte endlich eine Antwort. Deshalb drückte ich ihm mit den Fingern die gespaltene Kehle zusammen, damit der Luftstrom das Sprechen ermöglichte.
„Es gibt zu viele schlechte Krimiautoren", hauchte der Philosoph.
„Es waren alles Krimiautoren." Ich hatte es geahnt.
Er nickte, und diese Bewegung genügte, um ihm die Kehle wieder zu öffnen. Erst jetzt erkannte ich ihn. Ein Krimiautor, ich hatte sogar mal ein Buch von ihm gelesen. Auf dessen Rückseite war ein Foto von ihm abgedruckt gewesen. Aber es muss – wie so oft bei Autorenfotos – mindestens zehn Jahre alt gewesen sein.
Ich ließ die Finger von dem Mann, richtete mich auf und sah die Katze an. Sie duckte sich.
Selbstjustiz wird bei der Polizei nicht gern gesehen.
„Streck die Pfoten vor", befahl ich.
Dann legte ich ihr die Handschellen an. Sie waren zu groß. Egal.

Über die Autorinnen und Autoren

Martina Bick

veröffentlichte zahlreiche Kriminalromane, Romane und Kurzgeschichten und erhielt Preise und Stipendien, u. a. als Krimistadtschreiberin in Flensburg (Nordfälle-Preis 2001). Sie arbeitet als Gleichstellungsreferentin und Musikwissenschaftlerin an der Hochschule für Musik und Theater Hamburg. Zuletzt erschienen: „Weihnachten auf dem Lande" (2013, Aufbau Verlag) und „Provenzalische Begegnungen" (zus. mit Margret Storck, 2014, Edition Contra-Bass).

Ulrich Borchers

geboren 1961 in Flensburg. Autor kurzer Prosa: „Sushi-Texte Kurzgeschichten für zwischendurch", Engelsdorfer Verlag. http://ulrichborchers.jimdo.com/ oder www.Flensburg – ulrichborcherss Jimdo-Page

Jürgen Ehlers

geboren 1948, schreibt seit 1992 Kurzkrimis auf Deutsch und Englisch. 2015 erschien „The fifth Browning" in Maxim Jakubowski's Anthologie „The Mammoth Book of the Adventures of Moriarty: The Secret Life of Sherlock Holmes's Nemesis." Für den Kurzkrimi „Weltspartag in Hamminkeln" erhielt Ehlers 2006 den Friedrich-Glauser-Preis. Und er schreibt er historische Krimis und Thriller. Zuletzt erschien „Der Wolf von Hamburg" (KBV, 2015). www.juergen-ehlers.com

Romy Fölck

geboren 1974 in Meißen. Sie studierte Jura in Dresden und arbeitete zehn Jahre für ein großes Unternehmen. Sie lebt als freie Autorin in der Elbmarsch bei Hamburg. www.romyfoelck.de.

Anke Gebert

studierte am „Deutschen Institut für Literatur" in Leipzig, arbeitete in verschiedenen Berufen, bevor sie in Hamburg an der Master School Film ein Drehbuch-Studium absolvierte.

Sie ist freie Autorin von Romanen und erzählenden Sachbüchern und gibt Seminare für Kreatives Schreiben. Zu ihren bekanntesten Büchern zählen der Roman „Die Summe der Stunden" (S. Fischer), die Biografie „Die Strafverteidigerin" (Kindler Verlag) und der Kriminalroman „Das Treiben" (S. Fischer) Ihre Küsten-Krimis: „Sturz in den Tod", „Travemünde: Tod" und „Über Kreuz". Erschienen bei Emons. www.ankegebert.de

Gunter Gerlach

ist Miterfinder des Hamburger Dogmas. Veranstalter der Literatur Quickies. Mehrere Literaturpreise, unter anderem Deutscher Krimipreis drei Friedrich-Glauser-Preise. Letztes Buch über einen freiberuflichen Terroristen: „Stellvertreter der Wut", KBV. www.gunter-gerlach.de

Marina Heib
im Saarland geboren, zog nach ihrem Studium der Orientalistik und Philosophie 1988 als Journalistin, dann Drehbuchautorin nach Hamburg. Ihre Kriminalromane um Kommissar Beyer und seine bundesweit ermittelnde Soko erscheinen bei Piper. Romane: „Der Bestatter"; „Eisblut"; „Tödliches Ritual"; „Puppenspiele"; „Parasiten"; „Animus". www.marinaheib.de

Karen Kieback
Geboren 1964, lebt, liebt und arbeitet als Künstlerin, Designerin und freie Schriftstellerin an der Kieler Förde. 2012 gewann Karen Kieback den Neobooks-Weihnachtskrimi-Wettbewerb mit ihrer Geschichte „Der rote Schal", die in einer Anthologie im Knaur-Verlag veröffentlicht wurde.

Michael Koglin
Ist Autor von Psychothrillern: „Bluttaufe", „Blutengel", „Blutteufel", „Seelensplitter" und „Der Mädchenmacher" (alle Goldmann Verlag) und zahlreicher weiterer Romane und Sachbücher. Er schrieb: „Dinner for one – Killer for Five" (DroemerKnaur), „Dinner for one auf der Titanic", „Dinner for One mit Al Capone" und „Dinner for One – Auf Leben und Tod". Außerdem Kinderbücher, Drehbücher und Theaterstücke. Auch: „Italien in Hamburg" und „Zu Fuß durch das jüdische Hamburg". www.michael-koglin.de.

Tatjana Kruse
wohnt und arbeitet in Schwäbisch Hall. Krimi-Stadtschreiberin an der Förde, wo ihre Flensburg-Krimödie „Küss mich, Schatz!" (Goldmann) entstand. Sie schreibt heitere Kriminalromane um den stickenden Ex-Kommissar Siggi Seifferheld (Knaur Verlag) und die schnüffelnde Operndiva Pauline Miller (Haymon Verlag). www.tatjanakruse.de

Barbara Wendelken
geboren 1955 in Schwanewede, lebt in Ostfriesland. Die ehemalige Kinderkrankenschwester schreibt seit 1996 Kinderbücher, Kriminalromane und Kurzgeschichten. Ihre Werke wurden in mehrere Sprachen übersetzt. Sie ist Mitglied im Syndikat und hat zehn Jahre lang den Hansjörg-Martin-Preis organisiert. Aktuell erscheint eine Krimireihe im Piper-Verlag, die in Martinsfehn, einem fiktiven Dorf in Ostfriesland spielt.

Petra Würth
Studierte Betriebswirtschaft und arbeitete in der Werbung. 1998 erschien ihr Debüt „Unter Strom – Pia Petrys erster Fall". Weitere Fälle der Hamburger Privatdetektivin folgten: „Frau aus Glas", „Rache ist giftig" und „Blond ist der Tod" (Wilhelm Heyne Verlag). Parallel dazu schrieb Petra Würth zusammen mit dem Schriftsteller Jügen Kehrer die beiden Romane „Blutmond" und „Todeszauber" (Grafit Verlag), in denen Pia Petry auf den aus dem ZDF bekannten Münsteraner Privatdetektiv Georg Wilsberg trifft. „Blutmond" wurde für den Friedrich-Glauser-Preis nominiert.

Bei Vitolibro sind außerdem erschienen:

Das berühmteste norddeutsche Kinderbuch – erstmals plattdüütsch

Theodor Storm
De lütte Häwelmann
mit de bekannten Biller vun Else Wenz-Viétor in't Plattdüütsche överdragen vun Ulrich Gradert
ISBN 978-3-86940-040-2

Es dürfte wohl – bis auf später Zugereiste – niemanden in Norddeutschland geben, der nicht 1. Theodor Storm, den berühmtesten Dichter der Region, in der Schule – und 2. den kleinen Häwelmann zuhause kennengelernt hat. Umso verwunderlicher ist es, dass es im Buchhandel nie eine Übersetzung in die Heimatsprache des Dichters gab, der selbst auch vieles op Platt verfasste.

Sauereien für den Hausgebrauch

Jan Reinertz
Swienkraam
Schmutzige Wörter op Platt
Von Jiepern, Opsitten, Pumpern un Riemeln
ISBN 978-3-86940-021-1

Die Norddeutschen sind gar nicht so wortkarg – jedenfalls nicht, wenn sie über Sex schnacken. Wussten Sie schon, dass die in ihrer Heimatsprache über 150 Wörter für die schönste Sache der Welt kennen? Swienkraam ist das erste Wörterbuch für den zwischenmenschlichen Alltag und die geheimen Wünsche im Norden.

In diesem schönen Land gibt's vieles zu bestaunen

33 bloße Grüße
Sehenswürdigkeiten
in Schleswig-Holstein
Zeitlose Zeugnisse – lebendige Menschen:
Ein liebenswürdiges Geschenkbuch
herausgegeben von Karen Kieback,
fotografiert von Pat Scheidemann
ISBN 978-3-86940-030-3

Ein fröhliches Paar, mit nichts bekleidet als einem roten Regenschirm und roten Gummistiefeln, macht Schleswig-Holstein unsicher – und seine wunderbaren Sehenswürdigkeiten lebendig. Ein Bilder- und Geschenkbuch, das ‚Heimat" einmal ganz anders interpretiert.

zeitlos, witzig, engagiert

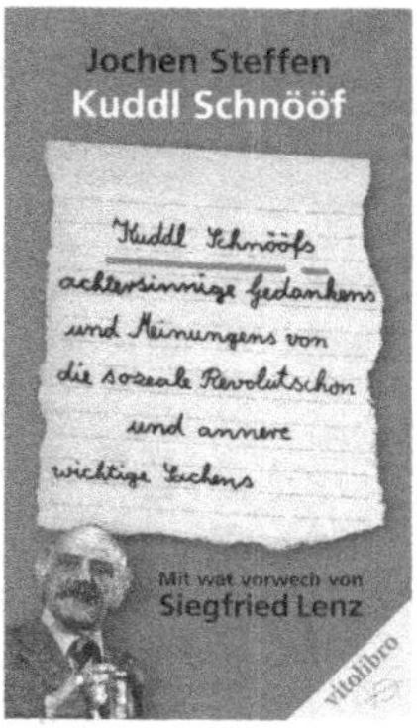

Jochen Steffen
Kuddl Schnööfs ... noieste achtersinnige Gedankens
un Meinungens von die sozeale Revolutschon und annere wichtige Sachens
Mit wat vorwech von Siegfried Lenz
ISBN 978-3-86940-019-8

Dieses legendäre Buch des Politikers und Kabarettisten Jochen Steffen ist saukomisches Kabarett über das kleine Menschenleben. Der „rote Jochen" schuf mit dem Kieler Werftarbeiter Kuddl und seiner tutigen Natalje unvergessliche Figuren in hinreißendem Missingsch.

www.vitolibro.de